壊れた脳 生存する知

山田規畝子

角川文庫
16002

壊れた脳　生存する知

目次

第4章　あわや植物人間

文庫版序文　「あきらめないで！」

高次脳機能障害者として生きる

私は今、高次脳機能障害をもちながら生きています。障害のために麻痺《まひ》が残り、そのために呂律《ろれつ》が回らず、大きな声も出せません。

私のホームページのトップでも紹介させていただいていますが、私には「モヤモヤ病」という基礎疾患があります。これは一過性の脳の虚血発作なのですが、短い時間、腕や体の力が抜けてしまって自分でもわけがわからない状態になるようなことが若い頃に数回ありました。それが「モヤモヤ病」であると知ったのは大学の医学部を卒業する直前の頃で、最初の脳出血があった時に大学の脳外科の教授に教えてもらいました。

これまで私の中で「モヤモヤ病」というのは、脳出血が起こるまでは特に症状もなく過ぎてきたように考えておりましたが、この歳になりまして若い頃のことをいろいろ思い返すと、脳の血行が充分に働いていないために、軽い高次脳機能障害のような脳のコントロールが利かない状態は、十代の頃からやはりあったのではないかと思い当たるところがずいぶんとあります。

言葉の自制が利かなくて人の傷つくようなことを言ったり、その場の雰囲気に飲まれて適当なことを言って、それが人を傷つけたりすることがあったのではないかと思うのです。中学や高校の頃というのは非常に多感な頃ですから、自分が口にしたことを後で人に意地が悪いとか性格が悪いと噂されたりすることで、悔しかったり、悲しかったりするような経験をずいぶんしてきたことを思い出すのです。自分ではわかってやっていることではないことで、人を傷つけたり、嫌われたりするというのは、とても苦しいことでした。今、思い返せば、それが「モヤモヤ病」という病気と一緒に成長することの避けられない苦しさであったと落ち着いて考えられるようになりましたが、その当時はただ、自分にはその理由がはっきりしない苦しい人間関係がありました。

私の場合、若い頃からのモヤモヤ病に加えて、現在では高次脳機能障害もあるのですが、これはあくまで私の場合です。モヤモヤ病があるからといって必ず大きな出血をし、結果、必ず高次脳機能障害が残るということではありません。私は三度、脳出血を起こし、その都度、生き残りはしましたが、次に頭の血管が切れたら命はないかもしれないと感じることはよくあります。

だからといって、私にはまだ自分の子どもの独立を見届けるという仕事もあるようですし、脳の障害に対する医療やリハビリの仕方がまだあまりはっきりしていないということから、高次脳機能障害について自分の体験を皆さんにお伝えしなければならないという仕事も残っているようです。それに、やはり生きている限りは楽に、楽しく生きたいと思いますし、少しずつでもできることが増えてくることを実感し始めてからは、自分の生命力というのも面白いものだと思えるようになりました。

三度目の脳出血の際、私の頭の中を見た医師の話では、それは非常によく発達し、密に張り巡らされた立派な新生血管のネットワークだったそうです。その血管によって、私は四十五年の人生を生き抜いてこられました。ですから、これからも大切に使わせてもらいましょう、と思っているのです。

医師として、そして障害者として

私は三度の脳出血でこうした重い障害が残るまでは、医師として働いていました。そんな人間が高次脳機能障害をもつということは、そうでない境遇の方々と比べれば何か違ったところがあるのではないかと思われる方が多く、実際にそうしたご質問を受けることがよくあります。それに対して、私はいつも二つのことをお話しするのです。

一つは、脳が壊れているということでは、私は似たような境遇にいらっしゃる方とまったく同じであるということ。障害によって生きることが難しくなりましたし、そのことに対して思いっきり泣きたい、怒りたい、弱音を吐きたい、愚痴を言いたいというところも同じです。

そしてもう一つは、青春時代を医者になるトレーニングで過ごしてきたおかげで、悪い出来事にはなんでもその理由があり、その理由が発見できればその状況と闘っていけるはずだという思考方法がこの頭に染み付いているということです。医学、特に外科学の世界では何事にも原因があり、それゆえに生じる結果があるという思考方法は鉄則です。脳がどのように壊れると人間は何ができなくなるのかということもまた、原因とその結果という論理で理解できるはず、という考え方が、私の場合には自然に受け入れられるのです。

さらに言えば、原因と結果という論理ではまだ解明できていないことに対する関心とか好奇心が、実は医学の進歩の原動力でもあるのです。私にも人一倍、そんな好奇心が育っていたのだろうと思います。

それに私は小さい頃から負けず嫌いで、大きな問題に直面してその一時の混乱から我に返ると、「なんとかしなければ」「やってやるぞ」という気持ちが湧いてくるのです。

へこんだままで生きるのは嫌だという気持ちが強いのです。ですから、毎日の生活のしづらさに打ちのめされることは多いのですが、それでも脳という未知のベールに包まれた世界に自分が生きているということに対する興味がなくなることはありません。私の壊れた脳の中でも、そうしたまだ元気な部分が、結果としては暮らしの中のリハビリの原動力になってくれていて、更には本の出版や講演活動に私を駆り立てているのだろうと思います。

私の障害の状況や暮らしぶりは、似たような障害を抱える人とまったく同様という意味で「当事者」です。でもこんな事態を何とかしてやろうと頑張ってしまうところが、四十五年間生きてきた私の個性なのだろうと思います。

高次脳機能障害をひと言で言うと……

高次脳機能障害というのは、病気や事故で脳の組織が損傷されることによって、それまでは人間としてできて当たり前だったことがいきなりできなくなる、ということです。それは読み書きや計算といったような、小さい頃から学習して覚えてきた技術が全部できなくなってしまうという単純なことではありません。あるいは人間がまったくの別人になってしまうということでもありません。

高次脳機能障害があっても読み書きや計算の能力の「一部」は損なわれずに残っていたり、一見、全く違った性格の人間になってしまったような言動をするように見えても、実はその奥にいる本人は全く変わっていないということがあります。これは脳のどこがどのように傷ついたかによる個人差がとても大きいのですが、あえて高次脳機能障害の特徴をひと言で言えば、それまで調和していた脳の働きが秩序を失ってバラバラになってしまうということになりそうです。

私の場合、左半身に麻痺が残り、動くことも感じることも不自由です。それに加えて、私の場合は脳の三度目の出血箇所がとても大きく、人間の思考力や判断力を司《つかさど》っている脳の部分が広い範囲で傷ついてしまい、高次脳機能障害が残りました。一日の予定を立てて動いたり、人と話をしたりといった当たり前のことが何気なくできるのは、それを脳が秩序立ててそうした行動をコントロールしているからです。必要な時に必要なことが考えられ、判断できるということは、それがうまくできなくなってみて初めて、とても驚異的で素晴らしいことなのだと実感しています。

ただし、繰り返しになりますが、脳が壊れるということは「植物状態」と言われるように脳全体が眠ったようになってしまうのではなく、機能している部分はたくさんあるけれど、それらがうまくまとまって動いてくれず、そのために必要な時に必要なことが考えられず、判断できないままで生活や仕事をしなくてはならない状態になる、ということなのです。

高次脳機能障害が「見えない障害」と言われるわけ

様々なところで講演をさせていただくのですが、こうした障害をもって生きることの不便さやつらさを教えてほしい、という依頼を受けることがしばしばです。そうしたご質問をされる方々の周りには、私のような障害をもった患者さんたちや、自宅や施設で介護を必要としている方々がいらっしゃることが多いのです。

高次脳機能障害というのは、本人が実際には何に困っているのかを察することがなかなか難しいのです。それは、多くの日常生活動作が一見自立しているように見え、見た目もほとんど健常者と変わらない人が、結構おられるからです。

高次脳機能障害は「目に見えない障害」とよく言われますが、それは障害をもったご本人の視点ではなく、健常者から見て、明らかに本人はいろいろなことに失敗するのに「どこが悪いのかわけがわからない」からです。障害が原因で、本人にとってはいろいろなことができなくなっていて、「うまくできないこと」が通常の暮らしの中でどんどん発見されていくわけですが、実はその「できない」ということの意味あいに対する考え方は、本人と周囲の健常な方との間では異なるのです。周囲の方はその行為ができないとか、障害のない以前の状態と異なる受け応《こた》えや行動をすることを問題と思っているのですが、本人にとって本当に問題であり、困った事態なのは、自分がやった行為の失敗や行動そのものではないことが多いのです。

自分が何かに失敗したということは、実は本人もわかっていることが多いのです。それを普通の人ならばしないし、以前の自分ならしなかったはずの「失敗」だと周囲から指摘されると、指摘された本人は自分を恥ずかしく思い、あるいはつらい思いをし、次第にそんな自分の存在そのものが失敗になってしまったように感じて、その重荷にますます口が固くなっていってしまうということがあります。

こんな具合にお互いに一歩前に出ることができずにいるようなコミュニケーションの行き詰まり状態が現実に多くあり、これが高次脳機能障害にまつわる一番の問題なのです。

私のように障害をもっている人間にとって、失敗は避けられませんし、極端に言えば失敗の連続で毎日が過ぎて行きます。失敗する、できない、間違うという、日常茶飯事の出来事を恐れていては生きていくことがますます難しくなるという意味では、障害者本人の周りにいる人々が高次脳機能障害についての知識をどれくらいたくさんもっているかが、大きな違いを生むことになります。

この障害についての知識をたくさん覚えていただくことで、失敗が少しずつ小さくなっていく長い時間を我慢できる力がついてくると思うのです。

生存する知――「脳には学ぶ力がある」

でも、本当に重要で、私が何より強調したいと思っているのは、高次の機能をコントロールしている脳は、経験によって次第に調和を取り戻していく力を持っているということ、このことです。バラバラに働いている限りは一つひとつがとても弱い存在であるものが秩序をつくり、互いの働き合いの結束を強くしていくと、脳もしゃんとしてくるのです。これは私自身の経験からも実感していることです。

高次脳機能障害を抱えて生きていくということは、具合の悪い状態のままずっとそれに耐えて生きていくということではなく、少しずつ回復していけるということなのです。それが本書のタイトルにもある「生存する知」ということですし、私の二冊目の本『それでも脳は学習する』で一番書きたかったことです。

何度でも強調したいのですが、脳には潜在的に学ぶ力があります。このことを知ることが一番大切なことで、それを伸ばすためには、子どもを教育するように、力を伸ばすためのチャンスと、伸ばそうという意志が必要です。教育にも方法があるように、この「脳に学ばせる」ということにも方法があると思います。そしてその視点から「日常生活」というものを考えなければならないと思っています。

障害からの回復というと、皆さんが連想されるのは病院で行うリハビリテーションかもしれません。病院の専門的なリハビリがよりいっそう効果的な方法を進歩させてくれるようになることを、私も勿論《もちろん》、望んでいます。けれども周知の通り、今は好きなだけ病院でリハビリが受けられるような時代ではありません。私も早いうちに病院から出て家で暮らすことになりました。

そして「脳が学習する」というのは、病院ではなく暮らしの中で実感してきたことなのです。普通に暮らせることがリハビリの究極の目標であり、また本来、脳は普通に暮らすということを最終目的に少しずつ学習していけるものでもあります。少しずつ、本当にあるかないかの小さなステップが、毎日の日常生活の中で積み重なってきました。私が著書や講演の中で「普通の生活が最高のリハビリ」と申し上げているのは、そんな私の経験を踏まえて出てきた結論なのです。

高次脳機能障害者にとって暮らしやすい「地域づくり」

学習しやすい環境ということを考えると、実際の生活の現場にいる周囲の人々の考え方がどのようなものかということが、本人にとって、とても重要な問題になってくると私は考えています。そして生活の現場がどんなものかに非常に左右されるという意味では、高次脳機能障害の問題は「地域づくり」という問題と切り離すことができません。日々の暮らしは本人の脳の学習にとって、とても大事な環境なのですが、それを実現するための知識は、まだまだこの日本では常識になっていません。

そこで、この「地域づくり」ということについて、私の考えていることを少し書き留めておこうと思います。高次脳機能障害者にとって暮らしやすい地域ということには、二つの意味があると私は考えています。

一つは、障害をもつ人が現実にできないことをカバーしてあげる気遣いのある地域という意味。もう一つは、障害をもつ人が自分の脳を学習させ、脳の機能を少しでもいい方向に回復させていくチャンスのある地域ということです。

最初の「気遣いのある地域」ですが、「気遣い」というのは、私なりの言葉で言えば「心の中にもっている常識」ということです。相手のことを思いやるということでは、勿論、自然にわきおこる感情が大切です。けれども高次脳機能障害のように多くの日常生活が自立していて、見た目にもほとんど健常者と変わらないことが多い場合には、障害をもっている人がやってしまう失敗の理由が健常者の方には理解できない、少なくともとても目に見えにくいということがあります。

そして問題をもっと難しくしているのは、先にも書きましたが、障害をもっている当人が自分の障害のことを受け入れられず、「できないものはできないからしょうがない」というように開き直ることがなかなかできないことです。背負い慣れてこなかった障害をいきなり背負うことは、誰だって簡単に受け入れられるものではありません。「自分はこんなはずじゃない」というのは、とても正直で自然な心理だと思います。

ですから「気遣い」というのは自然な感情を信頼するだけでは充分ではなく、この障害の特徴を本人やその周囲の人々がまず理解し、その知識と経験で障害をもっている人の暮らしにくさを察する方法を新しい「常識」として学ばなければならないと思うのです。本人と、家族や介護に携わる人たちの間でそんな学びが必要だと思いますし、そうした人々がそれぞれ孤立せず、様々な方法で情報交換を行い、ネットワークをつくっていくことが必要で、この二つが嚙《か》み合ってその地域の特質ができあがっていくことを私は望んでいます。

そしてもう一つの「チャンスのある地域」というのは、障害をもつ本人の可能性を信じられる環境づくりのことです。失敗を恐れずささやかな進歩を喜べる環境ということです。リハビリも生活上の介護も、それをただ受け身でやってもらっている限り、うまく働けなくなっている脳は新しいことに挑戦しようとしません。障害者本人が希望を失わないことが何より大事と思いますが、そのためには、挑戦には失敗はつきものと割り切ってやることが必要です。

三《み》度《たび》繰り返しますが、脳は少しずつではあるけれど、次第に変化していくのです。自分で何とかしようと工夫しながら生活している毎日かどうか。そして本人にできそうなことはたとえ失敗があっても我慢強く周囲が待っていられるかどうか。どうしても困っていることは手助けが得られるかどうか。そうした環境が本人の脳の学習にとってとても大事な要素なのです。

もちろん障害の重さには個人差がありますから、誰もが同じようにというわけにはいきません。けれども、高次脳機能障害があれば誰もが同じように物事ができなくなると考えるほうが、むしろ物事を単純に決めすぎているのではないか……と思うことがあります。

障害者本人には、脳が傷ついたことによる障害があります。ですからその人を守るというのは真っ先に大事なことですが、そのためにはその人の事情をよく知る必要があります。それが「地域づくり」の大事なポイントの一つであり、それには、高次脳機能障害とその介助のための知識を学ぶことは欠かせないのです。そして本人を守るということは、何もかも世話を焼くということではなく、むしろまったく逆に、失敗することを本人が恐れなくなるぐらいまで、本人の失敗を受け入れてあげることだと思っています。

そして障害をもつ本人には、あきらめないでほしいと言いたいのです。自分の経験を振り返れば、けっして「頑張って！」とは言えない。「頑張って！」と励まされることは、思うように進歩できない自分をつくづく実感している時にはとてもつらいことです。ですから、ただ、「あきらめないで！」と言いたいのです。

文庫化にあたって増補・改訂したこと

拙著『壊れた脳　生存する知』（講談社、二〇〇四年）の文庫化にあたり、私は二つのことを大幅に書き加えました。

単行本『壊れた脳　生存する知』にも、高次脳機能障害者としての私自身の体験を様々に綴《つづ》りましたが、そこからは割愛されていた多くの経験を加筆し、それについての医学的知見を補足すること、そしてもう一つは、これまでには知らなかった新しいリハビリテーションとの出会いや、その中で起こったあるとても不思議な体験、そして「脳の中のもうひとりの私」である「前子《ぜんこ》ちゃん」のことなど、単行本刊行以後に体験し、考えを深めたことを、できる限り多く盛り込むこと、の二つです。この二点目については、特に本書の「文庫版あとがき」の中で詳しく書いたつもりです。

本書が、高次脳機能障害をもつ人々、そのご家族、あるいは友人・知人、そして多くの医療関係者、セラピストの方々に、一人でも多く読まれることを、そして高次脳機能障害について、私たちの社会が少しでも多くの知識と理解を持つようになることを、心から祈っています。

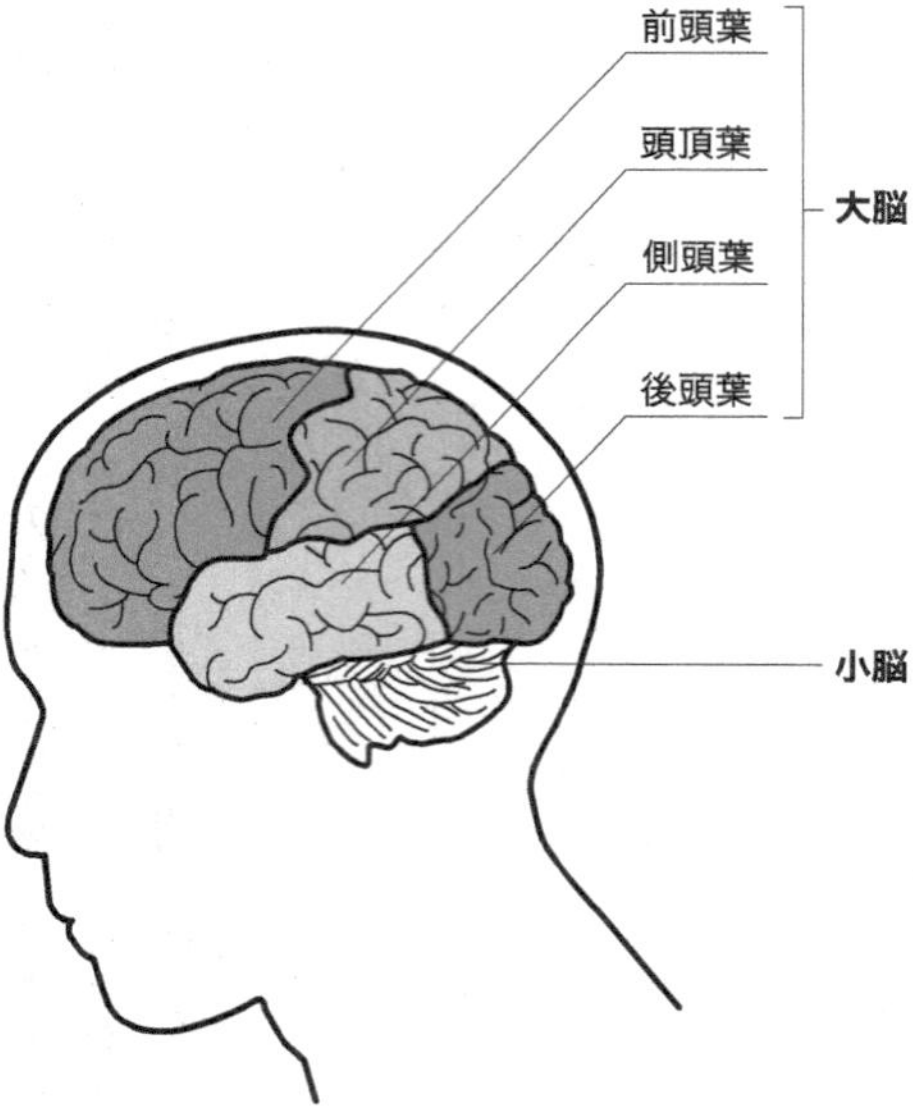

脳は、大脳、小脳、およびそれらに包まれた脳幹から構成されている。本能的な活動、情動、記憶などの中枢を担う大脳は、成人男性で約1350グラム、女性で約1250グラム。「大脳縦裂」によって左右2つの半球に分かれ、その働きによって、それぞれ大きく4つの部分に分けられる。

高橋長雄監修・解説『からだの地図帳』講談社刊より（一部改変）

序章

壊れた脳の中、教えます

時計が読めない！

「きょうぼく、朝の四時に起きたんよ」

ぴかぴかの小学一年生の息子、真規《まさのり》は怒っていた。入学式の日のことである。学校のお友だちや「入学おめでとう」の電話をくれた私の友人にまで、そう言って愚痴《ぐち》をこぼすのだ。無理もない。ぐっすり眠っていたところを、寝ぼけた母親に起こされたのだから。

前日の約束では、六時半に起きることになっていた。真規は眠すぎたのか、何かおかしいと感じたらしい。

「ほんとに時間なの？　まだおそと、暗いよ」

これまで、母親の時計の見間違いに何度となく痛い目にあってきた息子である。寝ぼけまなこながらも、すばやくテレビをつけ、画面をにらんだ。

「お母ちゃん、テレビ、三時って書いとるよ」

うそーっ！

出かける準備にばたばたと駆けまわっていた私は、かたまった。リビングの時計では確かに八時近くに見えたのだ。しかしテレビのデジタル表示には、はっきりと「3：55」と映し出されていた。

リビングの時計は、母親が買ってきたアナログだった。どうやら私は、四時を八時と見間違えたらしい。

「またやってしもた」

落ち着きを取り戻すと、ようやくそれがいつもの失敗であることに気づくのだ。

脳出血を起こして以来、私はアナログの時計が読みにくい。普通、時計を長年見ていれば、針の位置のパターンが絵として頭に焼きついていて、見ただけで瞬時に時間がわかるものだが、私にはそれができない。視覚では確かに文字盤を見ているのだが、それを形として認識する力が落ちているからだ。

倒れた直後は、まったく時計が読めなかった。文字盤に針のついたものが「時計」であることはどうにかわかっていた。だがその針が、どういう約束で動いているかを忘れていた。

入院中そのことに気づいて、針がどっちに回っているのかを一生懸命思い出そうとしたが、感覚的には思い出せなかった。「右回り」だという記憶だけはあった。右はお箸《はし》を持つほうで、右回りは子どものころ、運動会の練習で覚えた記憶があった。たくさんの子どもが手をつなぎ、外側を向いて円を作る。そのまま右に回るのが右回り、反対が左回り。そんなことが記憶に残っていた。

それではあの二本の針の意味は？

確か、短いほうの針が「時間」だ。しかし私には、時針は短すぎた。あんなに離れたところから数字を指されてもよくわからない。時針が指す方向は、じつに微妙な角度である。数字の前を指しているのかあとを指しているのか、理解しにくかった。私はやたらと一時と二時を間違えた。

長針が「分」を示していることもわかってはいた。しかし長針は、大きく書かれた数字を指しているだけで、実際に何十何分と教えてくれるわけではない。当たり前だが、十分なら2、四十五分なら9を指す。

それがわからない。10を指せば十時だろうと混同する。いやいや、それは短針のことでね、といちいち自分に説明しなくてはならない。そうしてしばし、私は時計の前でフリーズした。

ずいぶん楽に読めるようになった今でも、なぜか四時を八時、五時を七時と読み違えることはしょっちゅうある。そんなわけで、真規は記念すべき入学式のその日、明け方に理不尽《りふじん》にたたき起こされ、一日中機嫌が悪かったのだ。

三十四歳で「余生」!?

私は若くして脳卒中《のうそっちゅう》を起こしている。

脳卒中とは、脳出血と脳梗塞《のうこうそく》の総称である。私の場合、病院のお世話になった脳卒中は通算四回。詳しいことは追い追いお話しさせていただくけれど、大学二年生のときの「一過性脳虚血発作《いっかせいのうきょけつほっさ》」という軽い脳梗塞に始まって、大学六年生のときの「モヤモヤ病」による脳出血、そして三十四歳のときの脳出血と脳梗塞、三十七歳のときの脳出血と続く。

はっきりと後遺症が出たのは、三十四歳のとき以降である。右脳を損傷したために形の認識が苦手になり、とくに頭頂葉《とうちょうよう》のダメージがひどかったせいで、ものの位置関係が理解しにくくなった。この後遺症は術後すぐから、さまざまな形で私の日常生活に影響を及ぼしはじめた。

当時、私は医師として十年ほどの経験を積み、亡き父の跡を継いで、高松市にある実家の整形外科病院の院長を務めていた。子どものころから成績はともかく、勉強は嫌いではなかったし、知識欲も人一倍あったほうだと思う。とくに記憶することは得意で、自分の病気についても、教科書に書いてある程度のことはだいたい頭に入っていたつもりである。

だが私の後遺症、のちに「高次脳機能障害《こうじのうきのうしょうがい》」と聞かされるこの障害は、これまで学んだどんなものとも違っていた。

最初は自分の身に何が起こったのか、見当もつかなかった。

靴のつま先とかかとを、逆に履《は》こうとする。

食事中、持っていた皿をスープ皿の中に置いてしまい、配膳《はいぜん》盆をびちゃびちゃにする。

和式の便器に足を突っ込む。

トイレの水の流し方が思い出せない。

なぜこんな失敗をしでかすのか、自分でもさっぱりわからなかった。

高次脳機能障害という言葉を初めて教えてくれたのは、岡山大学の脳外科の教授だった。発症から一ヵ月あまりですでに日常（ただし入院生活）にたいした不自由を感じていなかった私は、頻繁《ひんぱん》に退院をほのめかされていた。

「高次脳機能障害は、日常生活で頭や体を使っていくことがリハビリでね、慣れていくしかないんですよ。余生《よせい》は趣味のことでもされて、のんびりと暮らされたらどうですか」

と、教授は申し訳なさそうに言った。

ときどき起こるおかしな失敗の正体が、この高次脳機能障害であることを知った。

「ああ、あれ、そういう名前なんだ」

しかし「余生」という言葉には、正直驚いた。

このとき私は三十四歳。まだ三十代で、これから先は余生なのか。子どももまだ、たった の三歳だというのに。

思わぬ出会い

退院後、私は自分の障害に関する本を手当たり次第に読みはじめた。際限なく繰り返しているように思える自分の失敗が、自分で腑《ふ》に落ちなかったからだ。私の頭の中がどうなっているのか、とにかく知りたかった。

だが、納得のいく答えにはなかなか出合えなかった。私の脳で何が起きているのか、明快に解説してくれる本は見つからない。

だがそれもしかたがない。今の私の脳に、世界がどう映るか。頭の内側のことなんて、実際のところ本人にしかわからない。いくら優秀な医師や研究者でも、患者と同じ体験はできないのだ。

どの本を読んでも、なんか違う。

そういう時期がしばらく続いたある日、「神経心理学」という分野の本を雑誌広告で見つけた。そこには「高次脳機能障害」という名称が、はっきりと記されていた。

さっそく取り寄せ、読んでみて驚いた。この分野の教科書的な本はすでに何冊か読んでいたが、この本は明らかにほかとは違っていた。まさに「私のいる世界」の真実にせまっていた。対談形式をとっている本で、話し手である医師が語る言葉に、いちいちうなずけた。その人が、当時東北大学で高次脳機能障害を教えていらした教授の山鳥重《やまどりあつし》先生である。山鳥先生は現在、神戸学院大学で教鞭《きょうべん》をとっている。

読んだあと、感激して手紙を書いた。後遺症から文字を書くことに困難を覚えていたが、失礼があってはならぬと思い、便箋《びんせん》に手書きした。五枚くらいだったか、修正液いっぱいでは失礼なので、誤字のないよう念には念を入れてしたためた。

それを先生の勤務先に送ったところ、しばらく経って待望の返事をいただいた。

「あれだけの長文、さぞかし大変だったでしょうに」と書かれていた。

「わかっている人」でなければ、そうは書かない。わかっていない専門家は、トンチンカンな失敗を繰り返す高次脳機能障害の患者が、「自分」というものを持っていることさえ知らない。そういう相手に、「大変だった」という感情があるとは思っていない。

どうやら教授は私の書簡に興味を持ってくださったらしい。手紙の最後に書いておいた電子メールのアドレスに、メッセージを送ってくださった。

それに励まされて、私は神経心理学に接近しはじめた。「言葉」を書く力が残されていたことは幸いだった。思わぬ出会いがもたらされた。

その後、山鳥先生は返事するいわれなどない見ず知らずの人間の質問に、いつも真摯《しんし》に答えてくださった。こうしてついに、発症後二年経ったところで、私は現場で実際に高次脳機能障害の勉強をすることになった。そういう場所を提供してくれる病院を見つけて就職したのだ。

カリスマのお告げ

ほどなくして、なんどその山鳥先生が、私の勤めていた病院が関係する研究会に出席されることになった。私が就職するずっと前から決まっていたことで、まったくの偶然である。

松山市内で行われた講演会で、初めてお目にかかった。

会場で院長に、「先生は応接室でスライドの用意をしておられるから、ご挨拶《あいさつ》してきなさい」と言われ、ドキドキしながらドアをノックした。部屋には男性が何人か座っていて、どの方が先生なのかわからなかった。

私が蚊の鳴くような声で自分の名を告げると、ドアのほうを向いて座っていた男性が、にっこり笑って口を開いた。

「どうも、山鳥です。いつもメールで……」

私は教授のことを、もっと「権威者」然とした年配者だと勝手に思っていた。おなかのひとつも出っぱっているのでは、とさえ想像していた。比類なきオーソリティーだと思っていたので、優しげでとても若く見えるその男性が、目指す人物だとはすぐにはわからなかった。

先生がスライドをセットしておられる横に座らせていただいた。倒れて以来、認知が鈍くなるとともに感情に以前のような抑揚がなくなっていた私が、久しぶりに緊張した。

「お忙しいのに、いつも相手していただいてすみません」

やっと言えた。

「ほかの本を読んでも、やっぱり先生のおっしゃることが真実だと思えて、読めば読むほど先生のカリスマ性は増すばかりです」

とも言った。先生は微笑《ほほえ》まれた。

「お体はいいんですか？」と聞かれたときには、ちっともよくないと感じているくせに、

「はい」としか言えなかった。

期待に胸をふくらませて聴いた講演では、興味深い症例をあげて具体的な話をされ、「私は細かいことにこだわる人間でして」と、やわらかな関西弁で前置きされて、「高次脳機能障害は、揺れる病態です。同じ病巣《びょうそう》の患者さんをつれてきても、必ずしも同じ症状ではない。今日できたことが、明日もできるとはかぎらない。患者さんは揺れています。だから診《み》るほうも、いつも揺れていないと診られない」とおっしゃった。

柔軟な目と頭脳をもって、「この患者さんが本当に困っていることはなんだろう」と観察する医者でないと、「目には見えない世界」は見えてこないと言うのだ。そう私は解釈した。会場にいた「専門家」の何人が、その真の意味を理解していただろうか。

翌日、職場で院長に、「山鳥先生が、先生をほめていらしたよ」と言われて、再び舞い上がった。

「それで、その貴重な体験を何かに記録しておくようにとおっしゃっていた」

へっ？　カリスマがそんなことを？

私にとってはお告げのようなものだ。それはやらずにはすまされまい。

これが、この本を書くきっかけである。しかしさっそく、ある疑問にぶつかった。再び質問メールを送りつけた。

「私は以前、脳外科の友人に、『側頭部《そくとうぶ》に自分の血管の雑音が聞こえる』と言ったら、

『血管雑音というものは本来、他覚所見でなくてはならない。だからきみ自身にそれが聞こえるとしても、医学的には意味がないんだよ」と言われました。客観的に観察できない自分の脳の中の世界をつづっても、同じ理由で受け入れられない、ということはないでしょうか。私はどういうスタンスで書けばいいのでしょうか」

医者が臨床所見として聴診したのならまだしも、患者自身の自覚現象として血管雑音が聞こえても、別に危険な兆候でも何でもなく、患者が「聞こえるんです」と言ったとしても、それはモヤモヤ病ではよくあることだし、別に放っておけばいい。それが脳外科の友人の答えだったのだが、これは医者のおごりではないかと思うのだ。医者サイドでは、モヤモヤ血管の状態は血管造影で完全につかんでいるので、患者の自覚症状みたいなものの訴えや、生活上の現象への素朴な疑問をいちいち聞くことに意味はない、聞かせてもらいたくはない、ということなのだから。

そんなふうだから、多分、多くの脳外科医はどんな時にどんなふうに患者の耳に血管の音が聞こえているのかを知らない。とても鮮明な音なので、自分の病気を知っている患者としてはとても気持ちが悪く、だからこそ説明を求めたりする人もいる。

超音波装置で血流音を拾った時のように、頭部の血流が増えるたびに、「ザーザー」とか「ドクドク」とか、拍動している血管の音のようなものが、患者の耳にはよく聞こえるのである。時には触診で、その音の元になっている血管の拍動を探しあてることもできる。拍動の聞こえる部分を硬い枕に押し付けたり、鉢巻きのようなもので縛ったりすると、実はそれは外頸動脈《がいけい》から脳の中へ可及的に血を送り込んでいる部分だから当然のことなのだが、明らかに気分が悪くなる。

私は結婚式で高島田のかつらをつけられて気分が悪くなり、かつらの下にする鉢巻きを取ってもらったのだが、高次脳機能障害の人にとって、生活の中で押さえてはいけない場所の音だったりするので、患者と担当医の間でその血管音についての会話が本当は一度ぐらいあったほうがいいと思う。

実際のところを言えば、脳外科医の忙しさから、そんな音がしても僕たち医者が異常と思わなければ何ともないので放っておきなさい、という上から目線の表れだ。一度、頭蓋骨《とうがいこつ》の中に響き渡る自分の血流の音を聞く状況を想像してみればいい。

それに、医者の目の前で確認できる現象でなければ意味はないというなら、患者でありながら医者でもある私は、一体、どうしたらいいのだろうか。私が聞いた時に限っては、他覚所見でもあるのではないかと言いたいところだが、そう言ってしまうと自分の病気の治療は全部自分でやれ、と言われてしまうのが日本の医療なのだ。脳の手術も自分でやれ、と言われかねない。実際、転倒して手を骨折した時、救急車で連れて行かれた病院で実際にそう言われたことがある。その時は、外科医として、本当にそうさせてもらったのだが。

さて、山鳥先生からは、すばやいお返事をいただいた。

「難しいご質問です」とされながらも、「経験というものは、本来主観的なものです。先生が見た内なる世界を主観的に、先生の分類に基づいてお書きになればいいでしょう」

そんなわけで、私の記述はおおむね主観的見解に徹している。もしも違和感を抱かれる読者の方がいらっしゃるとしたら、そういうわけである。

だが同時に、これはまぎれもない真実の記録でもある。私の身に何が起きているかを知りたくて読みあさった多くの本には書かれていなかった真実。ひとりの患者として、医者として、病気によって壊れてしまった脳の実態を克明につづった記録。

今なお周囲の無理解や医療関係者の心ない言葉に傷つき、くじけそうになっている同病の方々や家族のみなさんにとって、いくばくかの励ましとなれば幸いである。

第1章

私は奇想天外な世界の住人

切れたかもしれん

一九九八年一月。

三歳の息子、真規と就寝中、あまりの気持ち悪さに目が覚めた。持病である「モヤモヤ病」からの脳出血と直感し、あわてて岡山に単身赴任中の夫に電話した。

「すごく気持ちが悪い。なんかおかしい、切れたかもしれん」

すぐに一一九番に電話した。そのまま動けずに玄関で横たわっていると、救急隊が入ってきた。このあたりの記憶はあいまいだ。覚えていることといえば、「山田整形の院長です」と言ったこと。真規と手をつないで救急車に乗せられたこと。あとはまるで記憶がない。

そのまま、私の持病などを記録したカルテのある地元の病院に搬送された。緊急検査の結果、脳室《のうしつ》内出血と診断され、すぐさま頭蓋内血腫《とうがいないけっしゅ》を除去する手術を受けた。損傷を受けたのは、頭頂葉《とうちょうよう》、おもに右半球だった。

あとになって、真規が真っ暗な待合室にひとり、パジャマ姿のまま待たされていたことを聞き、涙が止まらなかった。

そして、あんなに小さくて、甘えん坊だった真規が、この日を境に母を見守り、着替えから買い物まで手助けする頼れる息子になろうとは。

脳外傷の患者さんと家族の会のホームページで知り合った方にすすめられて『生きててもええやん』（せせらぎ出版）という本を読んだ。脳のダメージが大きく、植物人間になった、あるいはなりそうになった重症脳機能障害の患者さんが、医師たちから脳死の扱いを受けるなど、怖い状況を生き抜いてきた、患者と家族の実話だ。

ちょっと間違えたら、今ゲーム機の前で楽しそうに笑っているこの子も、こんな気持ちで病床の母を見ることになっていたのかなあ……。そう思うと今でも胸が痛くなる。

転落事件

話をもとに戻そう。手術後、しばらくしてから転院した岡山大学医学部附属病院に報告された記録を見ると、そのアクシデントは術後二日目に起こったらしい。

手術のあとずっとベッドに横たわったままでいた私を、看護師が起こしてベッドの上に座らせた。どうも体が安定しない感じがした。それは体のバランスの悪さではなく、単に座り心地の問題だった。たまたまシーツにしわでも寄っていたのかもしれない。私はお尻《しり》をずらそうと思った。ところが、私を起こして体を支えていたはずの看護師は、何かほかの用でもあったのか、どこかへ消えてしまっていた。

私は医者になってからずっと、職場の和を重んじてきた。楽しく仕事をするのが一番、看護師さんをこき使うことが好きではなかった。そのときに手があいている者がやればよい。外来でも、注射剤は自分でアンプルを切って用意するのを習慣としていた。

看護師さんがいなければ、自分でやろうと思った。これが災いした。

まず、お尻を浮かせるためには、どこかに手をつかねばならない。周囲を見回してみた。最初は答えが出なかった。何をどんなふうに考えたらいいのかさえわからず、しばらくじっと体のまわりを見ていた。

そのうち、黒っぽいところと白っぽいところの漠然とした区別が見えてきた。どんよりと濁った意識の中で、どちらにしようか迷っていた。明確な答えはなかった。その答えはさして大きな問題ではないような気がした。些細《ささい》なことだ。いくらでも修正がきく。

高次脳機能障害《こうじのうきのうしょうがい》の患者は、自分の能力を過大評価するとよく言われる。異常なほど楽天的になって、万能感を持つとまで言われる。

それはニュアンスとして少し違うと思う。正しく言うと、自分のまわりの出来事の重要性の過小評価である。健康なとき、「こんなことはたいしたことではなかった」という記憶が判断を狂わせる。

それが周囲から無能者扱いされるひとつの要因である。と同時に、その異様な判断力の低下に気づいたときの驚きと失望も大きい。子どもでもわかることがわからなくなってしまったというショックは、少なからずどの患者も経験することだろう。

話がそれたが、手をつく場所を決めかねた私は、なんの気なしに黒っぽい部分を選んだ。根拠はなかった。黒というより灰色だったかもしれない。ふだんから、何か決めかねると、中途半端なほうを選んでごまかしていたような気もする。結果は、大きな誤答であった。

私の見た黒っぽい部分は「薄暗い部分」、つまり何もない空間だった。白いところがシーツだったので、これが正解である。シーツに手をついて腰を浮かすべきだった。ところが何もないところに手をついたので、当然、体は宙に浮いた。切れのいい投げをくらったように、次の瞬間、私の体は回転していた。ものすごい衝撃。腰の痛み。そこから先はあわただしい雰囲気だけが記憶にあるが、それきりである。

なぜなら、わずかに残っていた正常な認知を、中枢神経抑制剤を投与されて眠らされることで奪われたからである。私の世界は霧に包まれていて冴《さ》えなかったが、確かに正常な意識の延長線上に存在していたのに。

その後、私は「精神異常者」として扱われることとなった。「正常な認知能力」を持った人たちに、「暴れる患者」と判断されたのだ。

言い訳するわけではないが、私は「落ちた」だけである。仙腸関節《せんちょうかんせつ》（骨盤の大きな骨・腸骨と、脊柱《せきちゅう》の最下部・仙骨との結合部）に信じられないほど大きなたんこぶをつくって。

医者のくせに

私に正常な認知があったかどうか。それは医者たちにとって、取るに足りないものだった。私に対してだけではない。この人たちはずっとこうしてきたのだ。黒っぽいところと白っぽいところのわずかな違いに惑わされることのない人たち。「判断がつかない人」と「精神異常者」の差なんて、彼らにとっては、ないも同じだった。

私は昏々《こんこん》と眠らされた。

そのとき私は、脳の中の記憶の海を漂っていた。記憶の波が打ち寄せ続ける。空が少しずつ白んできて、いくつかの夢を見た。私は病棟勤務をしていた。楽しかった研修医時代に戻っていた。担当の患者さんが車いすでやってきた。

「先生、点滴終わりました」

そう、お疲れさまでした。じっとしていて退屈だったでしょう。看護師さんが抜きにきてくれるのが待てなかったのね。さあさあ、私が抜いてあげましょう。

たくさんの絆創膏《ばんそうこう》を一枚一枚はがす。留置針をそっと引き出す。さあ終わりましたよ。

そのあとは、看護師の叫び声。

「何してるの！」

その瞬間、目が覚めた。私は手首から噴き出す血と、あわただしさの中で呆然《ぼうぜん》としていた。

あるときは、たくさんのアクセサリーで飾られた自分に気づいて、それをはずしにかかっていた。昔から飾りたてるのが嫌いだったのだ。ジャラジャラと手首にさがった装飾品を、悪趣味だと思った。

そして、しっかり貼ってあった絆創膏をあらかた取り除いたところで、再び看護師の叫び。私は覚醒《かくせい》の世界に引き戻され、霧の中で何が起こったのかと、目を凝《こ》らしていた。

「あなたはお医者さんでしょう」

「そうです。何か」

そこへ、医者がやってくる。冷ややかな目つきでこちらを見ている。

「点滴抜くのが趣味ですか」

「何も覚えていないんですが」

医者はふんと鼻で笑い、事務的な態度で、いたわる様子もなく、腕に針を突き立てる。

「医者のくせに」

何度となく浴びせられたこの言葉。このとき、私はしっかりと目が覚めている。大騒動のあとだから当然である。

医者は中枢神経抑制剤を打たれても平静でなくてはならぬのか。中枢神経を抑制されてもつねに冴えた意識で品位を保たなくてはならぬのか。岡山の病院に転院するまで、こんなことが延々と続いた。わずかな覚醒のときのそんな記憶は、一生忘れることがないと思う。

見えれども見えず

白いシーツと何もない空間の見分けがつかなかったというこの悲劇は、なぜ起こったのか。私はド近眼だが、矯正《きょうせい》視力はかなりよい。視覚的には、確かにものは見えているのだ。だがそれと「脳がものを見ている」のとは明らかに違った。つまり私の脳は、目で見たものを見たままに正しく分析できなくなってしまったのである。

これを医学用語では、「視覚失認《しかくしつにん》」と呼ぶ。私のように頭頂葉、おもに右半球に損傷を受けた場合によく見られる症状という。

目は悪くないし、知能低下や意識障害もないのに、対象物を正しく認知できない。たとえば手触りや匂いなどほかの感覚器官を使えば、そのものが何であるかがわかるが、視覚だけでは認知できないことを言うらしい。教科書的には、の話だが。

つまるところ「見えれども見えず」ということの障害が、もっとも長く、広く、私の足かせとなった。

しかし、岡山での私はめきめきと回復した。すぐに絵を描いたり、折り紙をするまでになった。その絵も、最初は惨憺《さんたん》たるものだったが。

夫がサインペンを持ってきて、絵を描いてみろと言う。私は絵を描くのが好きで、よく手紙の最後に自分の似顔絵をつけたり、子どもの持ち物にイラストを描いたりしていた。

白い紙を目の前に広げられて、私は描きはじめた。

「あー、違う違う」

私には紙と、その下の机の境界線が見えなかった。全部、ひとつの平面に見えた。この大きな画用紙に描いていいんだ、とのびのびペンを走らせた。しばらくして、油性のペンが画用紙をはみ出し、病室の机にも線を書きなぐったことを自覚した。「今度は紙だけに」と再び試みても、私にはその境界線がまったく理解できなかった。

私の失敗の多くは、説明ができなかった。「どうしてそうなる」と聞かれても、「わからないんだもん」としか言えなかった。「わからないからしてしまう」というのが、今から考えても唯一無二の答えである。

学生のころ、教官がよく「きみたちは何がわからない？　うむ、要するに何がわからないのかがわからないのだな」と言っていたが、まさにそのとおり。頭の中がまとめられず、思考を絞り込んでいくことができない。ふわふわとした思考の断片に囲まれて、どれをつかめばいいのか、ただあたふたするだけなのだ。

のちに受けた説明では、「見えれども見えず」というこの症状の原因は、大まかには頭頂葉の梗塞巣《こうそくそう》である。脳出血を起こすと、その周辺の血管は自然の反応として痙攣《けいれん》（収縮）し、止血しようとする。その結果、一部の血管が詰まり、すなわち脳梗塞を起こしてしまうのである。

私の脳と目のつながりの悪さはこのせいであり、目が見たものを脳が正しく理解できなくなっていたのだ。さらに詳しい説明では、ものの形が何を意味するかを理解したり、遠近感をつかむことができなくなっていて、画像をパターンとして記憶する機能も失っているとのことだった。

単純にいえば、脳が見ていない映像は意味がわからないのである。視線は対象物の表面をちゃんと舐《な》めているけれど、脳には何も入ってこないので、脳の中で情報を待っている私が反応できる刺激がない。目が節穴とはこういうことかもしれない。

なんでこうなるの？

病室で、自分のことはたいていひとりでできるようになってからも、失敗は続いた。たとえば食事のとき、たくさんの食器が並んだ配膳《はいぜん》トレィを前に、私はよく考え込んだ。何から食べようか迷っていたのではない。どんな献立が並んでいるかも見ればわかった。

まずひとつ食べはじめて「さて次に」と、いったん手にした皿をトレィに戻そうとするとき、失敗は起きる。トレィには多種多様なおかずが所狭しと並んでいる。さて、その皿をどこに置けばいいのか。左手に食器を持ったまま、しばしかたまる。なかなかいい作戦が思い浮かばない。もう少し回復したあとだったら、まずざっと見て、「このあたりが空いているから、このお皿を少しこっちに寄せて、これをあっちへよけたら大きなスペースができるでしょ、そこに置きなさい」と、自分に説明することができただろう。このときはまだ、そういう建設的な思考ができなかった。

だから私は、悪いくせでもある「見切り発車」をした。ひとつの均一な色のスペースを見つけて、「これかな」と思った。ここはほかよりちょっと広そうだ。正解はここだろう、と、手に持った皿を置いてみた。

答えは×。そこはスープ皿の真ん中だった。クリーム色のスープの只中《ただなか》に、ザブッと置いてしまったのだ。違うと気づくまで、そんなに時間はかからなかった。あーあ、と思いながら、持ち上げた食器の裏からしたたり落ちるスープをティッシュペーパーでぬぐった。

似たようなことは、和式トイレでも起こった。看護師さんに支えられて個室のドアを開け、中に入った私はじっと足元を見つめた。黒っぽいタイル張りの床は狭苦しかった。まわりにはトイレにお決まりのものが置かれていた。ごく当たり前の風景。

「さて、どこに立とうか」と考えた。答えは出なかった。とりあえず、ここがいちばん安定していそうだ、と感じたところに足を置いてみた。

それは便器の中の平坦《へいたん》な水たまりだった。看護師さんは私が踏みはずしたのかと思い、あわてて抱え上げてくれた。そうではない。私はある種の確信を持ってそこを選択したのだ。ただし、充分に吟味《ぎんみ》したあとではなかった。これも見切り発車だった。

現在では、遠近感もかなり視覚でとらえられる状態になり、普通の人が普通に「穴だなぁ」と思う感じと同じだろうと思う。

しかし当時は、和式トイレの便器の浅い水たまりなどは、周囲の風景も含めて全体に凹凸《おうとつ》の少ない世界の中にあって、よく見れば輪郭の線だけがかろうじて物と物の境界を示している、という感じだった。病院給食のお盆の中の食器にしても、各々の食器の輪郭だけが、素人の描いたべたっとした漫画のように見えていて、高さとか距離とかの情報がなく、色の違いの境目を境界として、食器の存在が認識されたのだと思う。お皿が平坦に見えたということではなく、物の輪郭の線が囲んでいる部分の「意味」がわからなかったのだ。黄色いところが比較的形のわかりやすい塊に見えはしたものの、その黄色の面がスープの存在を表現しているということまでは気づかなかったのだ。遠い・近いという情報がないので、深い・浅いの区別がわからないのだ。

飾りタイルの模様のきれいな床を歩いている時でも、自分が模様のついた平坦な地面を歩いているのかどうか、不安になる。

見えている模様はもしかしたら出っ張りではないのか。あるいは穴なのか。もしそのいずれかだったら、足元を見ずに歩いていたら足が引っ掛かったり、はまったりして転んでしまう。それが危険なことであるという知識（経験の記憶）は壊れた脳はちゃんと持っていて、足元に色の違うところがあるぞとわかった瞬間に、身体は交感神経が興奮し、鳥肌の立つような感覚の臨戦態勢に入る。足元の様子がわからない、「怖い」と感じているのである。

絨毯《じゅうたん》の色の変わり目なども怖いと感じるが、明らかに段差があるのに、色の抑揚がなく全体がただ白っぽいだけで、高低差の境界線のない階段などもひどく怖い。階段の縁には段差を強調する色づけなどがあってほしい。階段はただの横線の繰り返しなので、その線が高低差という意味を持っているということを察知しにくい目（脳）になっているのだ。

壁なら壁の穴を見た時、そこが引っ込んでいて空間的に連続していない欠損があるということを、一瞥《いちべつ》では自信が持てない。目が認識したものの輪郭が、漫画のように二次元的に示している絵なのか、それとも深さ（遠近）のあるへこみなのか、視覚のみでは確認できず、見つめても見つめても判断がつかない。

それを補うには、触ってみなければならないのである。触る角度をいろいろと変えてみるなどして、これはただの丸い模様ではなく、穴だと確認しないと、それは穴ですとは言い切れない。穴があったような気がしたな、という感じだけでは、自分の感じたことをすぐに信じることはできない。二度見をしたり他の知覚で確認したり、ちょっと時間をかけることになる。

ぱっと見て「あっ、穴かもな」と感じた自分の感覚を自分の脳が一瞬信じないということはよくある。それは高次脳機能障害になった後に、いろいろな失敗をしながら学習したことだ。正常な脳なら気に留めずスルーしたかもしれない場面で、よく確かめないとわからないよ、と立ち止まることはよくある。前子ちゃんがくぎを刺すということなのだろう。「ほんと？ 穴だったら危ないわよ！」という考えが浮かんで来ることが多い。「地面にある線は高低差を示すことがある、ということを知っていて気をつけないと、とんでもない転倒をするかもしれないよ」。そんな賢い予測をうみだすための記憶を、壊れた脳がちゃんと保持しているのだ。壊れた脳でも、私が生き続け、危険を回避するために日夜頑張って働き続けていることを思うと、「すごいやつだな」と感心してしまう。

　まず知覚の入力があって、次にそれを分析し、わかっているかどうかを評価・確認して、納得する、というプロセスを全部通らないといけないので、他人が思うより壊れた脳は活動しているのだ。

　その活動と同時に、傷を癒すのに使う栄養がいっぺんに必要なので、すぐにグルコースが使われてしまい、高次脳機能障害者には空腹感を訴える患者が多いのだ。このことは第3章で再び触れるが、脳障害をもった患者の固有の体験として、医療関係者やリハビリのセラピストたちにもよく知っておいてほしい、とても大事なことだ。

二次元の世界

さらに回復が進んで退院したが、さすがに医者としてメスを持つことは断念せざるをえず、夫が単身赴任していたその地で専業主婦になった。街に出るようになると、そこには今まで慣れ親しんできたのとは違う、奇想天外な世界が広がっていた。さまざまな場面で私は戸惑い、立ちすくんだ。いつも「正解はどれだろう」と途方《とほう》にくれながら。

おしゃれな繁華街にでかけたとき。タイル張りのきれいな舗道に立ち、どこに足を置くべきか考え込む。私が見ているのは模様なのか、穴なのか、出っぱりなのか、へこみなのか。そこはやわらかいのか、かたいのか、滑りやすいのか、歩きやすいのか。私の目はそこを見ているが、脳は答えを出さない。ただ、怖いと思う。背筋を何かが走るように緊張する。

そのうちに、はっきりと自覚した。私には遠近感がないのだ。そういえば入院中、病室でリンゴをスケッチしたあと、丸い形は描けた。陰影をつけるという技術も、理屈では覚えていた。だができあがったものを見ると、その絵に遠近感がない。これが、歩くときの不安の大きな要因のひとつであることは間違いなかった。

私は、二次元の世界の住人だったのだ。

要するに、あれとこれとでは、どちらがどのくらい遠くにあるかがわかりにくい。私の目がとらえているのは、そこにものがあるかないかであって、どれだけ先にあるかは正確にはわかっていない。立体感がつかめないのだ。

だからたとえば食事の支度《したく》中、食器棚の前で何度も突き指をする。対象物に手を伸ばしたとき、そこに到達するのはいいが、正しい距離感がないので、思いきりガツンと指がぶち当たってしまう。

だがこれはあくまでも注視した対象物に対してであり、なんとなく視野に入ってくるものや景色などは問題ない。遠くに見える街並みなどは、普通に見えていると思う。

机の上にぶわーっと広がっているものたちは、ひとつひとつを見分けることが難しいが、凹凸《おうとつ》がなくのっぺりと見えるのではない。色や形がはっきり区別されて目に入ってこず、ひとかたまりの色やトーンのパターンとして見えているのだと思う。これはやはり、のっぺり見えていることと同じことと？

下りる階段？　上る階段？

目で見ているものが正しくないとわかると、人間は急激に不安になる。このへんに足を置けば次の一歩が踏みしめられると思ったとき、その距離がわからずによろめいたりすると、体は強く緊張する。それで一日中疲労感につきまとわれる。たいして運動も労働もしていないのに、いつもしんどいとかだるいとか言って引きこもりがちになるのは、こういう疲労感のせいでもある。いつも防御態勢で、毛を逆立てて生きている感じである。

平らな道路なら、間違いを犯してもたいしたことはない。だがこれが階段となると話は別だ。階段の前に立つと、私の目にはアコーディオンの蛇腹《じゃばら》のように、ただ横走する直線の繰り返しが見える。そこで、思う。これは上る階段か、下りる階段か。

すぐには答えが出ない。見回すと前に人が歩いていて、頭がだんだん下がっていく。そうか。下りる階段だ。では下りてみよう。まず横走する線は何か、と考える。はたして模様なのか、段なのか。段であれば高低差があるはずだ。足で探ってみる。確かに線の向こうには何もないようだ。あぶないあぶない。

下りはじめる。見れば見るほど、わからないという不安感がつのる。足を前に出す適当な幅がわからない。あまり前に出しすぎると、踏みはずして転げ落ちる。かといってためらっていると、振り出したかかとがステップの角に引っかかり、バランスを失う。

そのころの私は、二ヵ月近い入院ですっかり筋力が低下していた。一度床に座り込むと、まず前かがみになって足だけを立たせ、それから上体を揺すり上げるようにしないと立ち上がれなかった。

だから、とんとんと階段を下りると、いつ膝《ひざ》がガクッとくずれるかわからないという不安が湧《わ》く。いきおい私の注意力は足の運びにかかりきりになる。すると、さっきまで必死で考えていた足の置き場がおろそかになる。一歩一歩確認するのをときどきサボッてしまう。

私は手すりを発見した。手すりに体重をあずけると、足が楽になることのほかに、階段と手すりとの距離を体で感じることができる。目でいちいち確認しなくても、まっすぐ進んでいることがわかる。

手すりは最初から最後まで、途切《とぎ》れることなく連続していなければ意味がない。途中で切れていては、むしろ危険である。手は手すりを百パーセント信じて進んでいく。途切れていると、安心してあずけていた体重のやり場が急に失われ、次の手すりをつかみ損なって転落しそうになる。階段によっては、手すりが途中で柱にさえぎられ、手がガツンと激突する。

階段を設計するとき、何も考えずに作った手すりであることがわかる。そんなことを怒りながら、進んでいく。

記憶がやられた

視覚失認と並んで私を戸惑わせたのは、記憶障害だった。

何かの行動を成し遂げようとする時、絶対に必要な脳の働きとして、記憶がある。やろうとしていることが完遂するまで、「何をやろうとしているのか」を忘れることがあっては、行動は行われえない。最初に意志が立ち上がって行動が開始されるが、行動開始から完遂までの時間がかかる場合に、自分は何をしようとしたのか、また、何をしつつあるのかということを記憶しなければならない。

そんなことわざわざ頑張らなくても覚えているのが当然だろうと、健常者なら思うだろう。けれども、その行動をしているわずか数分、ひどくすれば数秒の間もそのことを覚えていられないのが高次脳機能障害などで言うところの「短期記憶の障害」である。

小学校からずっと、試験勉強は記憶力のよさで乗りきってきたと自分では思っている。丸暗記ものと、国語のような筋のあるものが得意だった。物語を読むのが好きで、小学校高学年のころは始業の一時間以上前に登校して、教室で本を一冊は読んでいた。

作文も好きで、友だちとの交換日記には、いつも何ページもぎっしりと書き込んでいた。

丸覚えのきく教科にくらべ、算数・数学は不得意で、マンツーマンで説明してもらわないと理解できなかった。しまいには戦わずして戦意喪失。受験のときには、数学が零点でもほかの教科が全部百点なら受かるさ、とめちゃくちゃなことを考えていた。

脳が壊れて、記憶がやられた。これには愕然《がくぜん》とした。私は記憶の人である。これがなくては生きていけない、と思った。

数分前のことが覚えられない。

ものをなくす。

「二時に来てください」と言われたばかりなのに、「三時だった?」とわからなくなる。

単純な数が覚えられない。

人の顔を忘れる。

二～三日前に紹介された人に会っても、「どこかで見た人だ」と思うだけ。

いわゆる短期記憶ができなくなったのだ。数分前、ひどいときには数秒前のことさえ覚えていられない。あまり強い思い入れなしに耳に入ってきたことや、自分自身がふと思いついたことなどは、そのままにしておくと、乾いた土に雨粒が吸い込まれるように、あっという間に消えてしまう。

たとえば何かを探しに机の前までやってきたとする。雑然とした引き出しの中を、舐《な》めるように探していく。だが、ものの形が認識できにくくなった私の目には、確かに視野の中にあるにもかかわらず、それを見つけだすことができない。そうこうしているうちに、「あれ、私はここに何を探しにきたんだっけ？」ということになる。

前の節で、目の前の階段が上りの階段なのか下りの階段なのかわからないという話を書いたが、階段に元々、上りと下りで形態のちがいがあるはずもなく、また、珍しい形の階段があって、理解できなくなったのでもない。

その時の困難の正体は、とにかく歩いて階段の直前まで行き着いたが、階段に辿《たど》りつくまでの道中の歩行に一生懸命で注意力の大方をそっちに持っていかれ、何をするためにこの階段のあるところまで来たのかをすっかり忘れてしまったというのが事の真相なのだ。

私がものをなくすとき、それは魔法にでもかかって忽然《こつぜん》とこの世から消えてしまったように感じられる。さっきまで手に持っていたものを、ふとそばに置いただけで、「それ」は消える。置いたとき以降の行動の記憶がなくなる、目が探さなくなる、見回しても目に入らない、という三点セットだ。

こうして私は毎日、なすすべもなく、キツネにつままれたようにものを探した。

私の言葉は失われたか

術後、濃い霧に包まれたように、私の意識はボーッとしていた。その霧が最高に濃かったころは、どんな会話をしていたのだろう。

断片的に、ほんのわずかしか覚えていない。聞かれることにだけやっと答えていたような気がする。言われたことに適切に返していたようだから、私は失語症には該当《がいとう》しない。

だがそれは、高等動物である人間の、本当の意味の「発語」ではなかっただろうと思う。言葉であっても、心の思考がない。ある種の「合図」のやりとりにすぎなかった。

最初に入院した病院で、私の意識が比較的はっきりしているときに主治医が話しにきた。彼は私と同じ中学校で、同学年だったそうである。

「覚えてないかなあ」と言う。ぼんやりと顔を見るが、覚えがない。通学の道も同じで、毎日同じ道を歩いていたという。野球部に、そういう名前の人は確かにいた。イメージは湧いてくる。あまり背が高くなく、いがぐり頭の中学生男子。どちらかというと目立たない感じ。

二十年以上経って、彼は好青年に変身していた。名医かどうかは別にして、少なくともそれなりの、ちょっともてそうな三十代の脳外科医になっていた。

発症から一ヵ月あまり。岡山の病院に移るとき、彼は主治医として私の寝台車（列車ではなく、救急車のようなベッド付き自動車）に同乗して付き添ってくれることになった。瀬戸大橋を渡っての小旅行である。

車は晴れた空の下、主治医と私を乗せて快適に走った。彼は中学卒業後、高松から遠方に引っ越したそうだ。結婚もしていて、すでに留学もすませた、と話してくれた。私はなんだか気を遣っていた。場がしらけないようにと思っていた。

そして、何が発端《ほったん》だったか忘れたが、私は猛然としゃべりだした。相手がどう返事しようがおかまいなし、といったふうだったと思う。

彼のほうでも、共通の友人の名前を出し、なごやかに話に花を咲かせようとしていた。同級生の誰が結婚しただの、誰々とはときどき飲みにいくだの、話題を提供してきた。私はこれに過剰反応した。今思うと、である。とにかく元気にしゃべった覚えがある。相手がたずねてもいない友人の話へとねじ曲げ、自分の守備範囲内に引き込もうともがいた。

「いや、そうじゃなくてね」と何度かいなされた気がする。「その人、ぼくはあまり知らないんだ」と言われた気もする。

それでも私は、動かない頭で作りあげた構想に沿って話を展開させようと、なかば強引に引っぱった。話についてきてくれないと困る。そうでないと、あとが続かない！　私は話を途切れさせまいと躍起《やっき》になり、それた話題を何度も蒸し返した。岡山に着くまでに、つじつまが合うように話をまとめなくては、という気持ちにせきたてられていた。

青空に映《は》える瀬戸大橋を眺めつつ、私と昔の同級生とのトンチンカンな旅は、私の手前勝手な言葉の暴走とともに「なんとなく」終わった。結局つじつまが合って終わったのか、わからない。

猛然としゃべりだした私の症状は、いわゆる「ハイパーラリア」と呼ばれるものではなかっただろうか。それなりに脈絡のある内容で、かといって深い意図はない。次々と吐き出される言葉。間違いに気づこうものなら、いけない、早く上塗りをしておかないと、という強迫観念めいた焦りにせきたてられて、ますます言葉を重ねていく。これを言葉の自走と言っていいのか、単なる気取り屋のとりつくろいの心理というべきなのか。

その後もいろいろな場面で、私は何事も都合のいいように解釈する人間になっていた。そうでないとスピーディに反応できないことがたくさんあった。相手の話す内容は、早く答えようとするあまり、知らず知らずのうちに自分の理解しやすい内容に歪曲《わいきょく》されていった。

というわけで、私は言葉を失わなかった。しかし、必ずしも言葉は私の意のままにはならなかった。しばし暴走してから、相手のきょとんとした顔に気づいて話が止まる。相手はなかばあきれて笑っている。「ううん、そうじゃなくてね」と言葉をさえぎられて、やっと振り出しに戻る。

自分にいいように解釈しているだけでは社会と折り合っていけないことは百も承知だったが、無意識のうちにそうなっていた。

詩・俳句……ダメだこりゃ

そのころの私には、言葉がのどに詰まるような感じがよくあった。単語の記憶の再生がよくなく、極端に遅かった。「ここまで出かかっているのに」ということが多く、適切な言葉をコーディネートしにくかったのだ。程度は軽いが、これは立派な「喚語障害《かんごしょうがい》」で、失語症の一症状である。

ずっと以前、研修医のころ、担当の患者さんに「先生、詩を書かせると上手《うま》そう」と言われたことがあった。感性の高い、芸術家肌の若い女性におだてられたので、いい気になっていつか書こうと思っていたが、そのままになっていた。

そうだ、やってみよう。リハビリにいいかもしれない。そう考えた。ふだんと違う発想があるかもしれないし、案外、元気だったときより面白いものが書けるのではないか、などと甘く考えていたふしもあった。

ところがどっこいである。私の語彙《ごい》が、生活に最低限必要なものだけにとどまっていることを、このとき知った。

文学少女だったころ、言葉は苦労してひねり出さなくても「湧いて出る」ものだった。本が大好きでよく読んだので、頭に内蔵された辞書には比較的豊富なアイテムがそろっていて、小説のようなものを書いては教室で友人に読ませていた。高校時代の親しい友人によると、経験の裏打ちのない官能小説（タイトルは『月夜の晩に桃尻娘《ももじりむすめ》』だったとか）まで書いていたという。

ところがいざ詩を書いてみようとしたとき、私は困ってしまった。言葉が湧いてこない。まったく出ないわけではないが、ごく日常的な、平板な、意味を伝えるだけの言葉しか思いつかない。ちっとも深く潜《もぐ》っていけない。

俳句はどうか。もっとひどい。

つべこべと言葉を並べたてる文章なら、表現力の乏《とぼ》しさをある程度ごまかすこともできるが、ひとつひとつの言葉の深みを大切にする詩や俳句となると話は別だ。輝きを持った言葉がまったく浮かんでこない。今、私がこんなにドラマチックな状態にあることを、なんとか表現したいのに。

結局、言葉は波ひとつない水の中に沈んだままで、浮かび上がってはこなかった。

「あーあ、ダメだこりゃ」

ダメだ、ということがわかる自分がありながら、どうすることもできなかった。意思を伝達できるだけで満足すべきことだったし、まわりの人は私が言葉を失っているなどとは思いもしなかっただろう。

脳に傷を負うと、何もかも面倒くさくなるという現象に言葉も呑《の》み込まれる。説明しておかなければならないこと、くぎを刺しておかねばならないことが面倒くさきに押し流され、口をつぐんでしまう、申し開きをしておかねばいけなかったと後から思うようなことでも、誤解したければすればいいという気持ちが勝ってしまう。かつてなら、一言でその状況をばっさり解決できていたはずだったのが、もうその言葉を探すことも面倒で、自分の世界に引きこもるのが一番楽になる。

私と同じ障害を持ったくさんの人たちを見ていると、それは中高年の男性に多い傾向である。女性は口をつぐみにくいし、一度機を逸しても、何度も言葉にトライしようとするようだ。これは、女性の方が言語優位半球の左脳が若干大きくできていると聞いたことがあるが、脳のそんな特性によるのかもしれない。

比較的自由に言葉を操って、ぐだぐだと話ができるようになるには、発症から二年以上の時間経過が必要だった。それまでの期間、感情に起伏はあった。感じることもたくさんあった。だが、それを表現する満足のいく言葉にはならなかったのだ。

本が読めない

岡山に引っ越してしばらくすると、子どもが水泳教室に通いはじめた。レッスンのあいだ、親はギャラリーに座って、ガラスの向こうのプールで泳ぐわが子を眺めつつ待つ。その時間を読書に充てようと思いたった。とりあえず、面白そうだと思う本を手当たり次第に買い込むことにした。本屋は昔から大好きな場所である。

ところが本屋の棚の前に立つと、ずらりと並んでいるタイトルをひとつひとつ識別するのが難しかった。字は読める。だが目が、あちこちへ行こうとする。一点を注視しているつもりが、目が勝手にちらちら動くので、見にくい。気の遠くなるような数の本を、順々に眺めていくのが苦痛だった。

物を持っていても手が微妙に震え、じっと姿勢が保てないのと同じように、同じ視野をとらえ続けようと思っても、眼球がじっとしていられない、という感じだ。目についての検診では、焦点を近づけたり遠ざけたりする機能に問題があると言われたことがある。おそらく、目の中のレンズの厚さを調節する筋肉に、若干の麻痺《まひ》があり、目指す対象物にさっと焦点が合わせられないのだ。

視線がかっちり決まらないということは、誰にもよくあることだろうし、視線がおどおど泳いでいる状態の人はよく見かける。精神的不安などの理由があるのだろうが、めまいなどの症状がある場合も目が揺れることがあり得る。私の場合、視線を固定できないことの理由は、深く調べたことはないが、少なくとも平衡感覚の異常はありそうだ。耳鼻科的器官の異常も調べてみないと本当の理由はわからない。

結局、本屋ではひとつのコーナーから何冊も選ぶはめになった。私が面白そうだと思ったのは、精神分析の書物だった。何冊か買って帰り、水泳教室の日には必ず持っていった。

内容が難解だったこともあるが、最初のころは字がなかなか目に入ってこなかった。ヨイショ、と力を入れて読もうとしている字の上に目を固着させ、一文字ずつ読んだ。

一行読んだところで、思わぬ困難を自覚した。次にどこを読めばいいのかわからない。左隣の行も、反対の右隣の行も、次に読むべき行の頭のような気がして、目移りしてしまう。結局わからなくなってもとの行に戻り、もう一度読む。文の内容から、次の行はこんな内容だろうと推測し、どうやら該当するらしい行を選び、たぶんここからだろうと読みはじめる。

ページが変わるときは、さらに大変だ。めくる、という行為のあいだに、今度は記憶障害が顔を出す。前の行の情報は、目を離した数秒でかなり薄くなっている。一行を何度も読み返す作業が続き、なかなか本全体としての内容をつかむに至らなかった。

新聞や雑誌には、また別の困難があった。この種のものには、読む順序の約束事がある。大きな紙の上でここまで読んだらこっちへ飛ぶ、というレイアウト上の暗黙の了解があってはじめて、迷わず読み進んでいけるのだ。その、約束事がわからない。ひとかたまりの活字を読んだら、次はどこに行けばいいのか。

結局、あたりをつけて目を転じ、ここだろうと無理やり読み続けて、つじつまが合えばそれでよし、という方法しかなかった。前の行で「終わった」と思ってからが勝負である。次の文頭を見つけるのに手間どると、頭の中の情報はスーッと消えてしまう。今まで読んできたことが徒労に終わる。次に読むべき場所の見当をつけ、前文の記憶を大事に保持しながら、エイヤッと目を移すのだ。

私の世界では、新聞ひとつ読むのも「賭《か》け」だった。

私は非常識人

要するに、私は人間の作った世の中の約束事というものについて、記憶を失ってしまったのである。いわば、「常識」のない人間になっていた。

前述した時計が読めないのもその例だが、ほかにも決められた「欄《らん》」に何を書けばいいのかがわからなかった。四角く囲まれたそのエリアの意味を把握しにくい。

一度、古い友人に地元の果物を送ろうとして、失敗した。自分ではうまくやりとげたと思って安心していたところに、数日後、電話が入った。荷物を送ったか、という友人からの問い合わせだった。

「伝票見たら、差出人が私（友人）で、受取人の欄にあなた（著者）の住所と名前が書いてあったの。配達の人が、いいんでしょうかって心配してた」

友人は「いいんです、そういう人ですから」と言って受け取ったらしい。彼女は電話口で腹を抱えて笑っていた。こういうことをさらりと流してくれる友人がありがたい。

漢字も、やっかいだ。

私の脳には、さいわいキーボードをタッチタイピング（ただし右手のみ）で叩《たた》く行動の記憶が保存されていたので、思ったことを書き記すのは、そう難しいことではない。

だが紙にペンで書くとなると、話は別だ。

とくに漢字が書きづらい。漢字の形がイメージとして浮かばないのだ。「何へんに何」「何かんむりに何」といった記憶だけがかろうじて脳にある。意味のないパーツだけを書き出すことはできる。それが、いくつかの複合体になると、さっぱりわからない。

まず字を作るためのパーツがすんなりと選べない。だがもっとも難しいのは、その配置である。上下左右、どういう位置関係であったか。「にんべん」は左だから、と理屈でなんとか書こうとするのだが、部首が三つ以上になると悲惨だ。長いこと頭を抱え込むことになる。

体がゆがんでいる？

私の病巣《びょうそう》は画像診断上、頭頂葉であるとされた。脳の障害は、病巣に一致した体の部位が痛むという症状がないので、いったいどこが故障しているのか自分ではよくわからない。

頭頂葉に損傷を受けると体がゆがんだように感じるケースがあると聞くが、私にも確かにそういうことがある。

部屋を薄暗くしてベッドで休んでいるとき、私の体ははたしてまっすぐに横たわっているのだろうか、と思うことがある。仰向《あおむ》けでまっすぐ寝ているつもりなのだが、ウエストを境に「く」の字に曲がっているような気がする。つまり、上半身は正しい位置にあるが、下半身だけが右にシフトしているような感覚である。

また、自分がベッドの長軸方向に平行に横たわっているだろうか、という疑念が浮かぶときもある。全体に斜めになっているのではないか、と思うのである。

山鳥先生の著書『ヒトはなぜことばを使えるか』（講談社現代新書）では、この感覚は以下のように説明されている。

「頭頂葉は、体性感覚との関係が強い。また視覚性の情報でも、対象の位置や方向に関する情報は、頭頂葉で処理されることが分かっている」

つまり、空間情報を媒介として成立する認知に、頭頂葉は関わっているという。

私は、空間の中で自分がどういう位置にあるか、周囲のものと自分との相対的位置関係の認識なども、ここに入れてよいと考えている。こうした方向感の変調もまた、私の日常を混乱させていたからだ。

対象物に対して、どういう方向からアプローチすればいいかわからないことがある。たとえば靴を履《は》こうとするとき、どう足を差し込んだらいいかがわからない。靴のかかとにつま先を入れようとすることがある。ごく初期には、足に対して靴をどの向きに並べていいかさえわからなかった。

靴の左右を間違えることはしょっちゅうである。自分の体の左右も、「お箸《はし》を持つほうとお茶碗《ちゃわん》を持つほう」と、幼稚園で習う基本にいちいち立ち返らなければならなかった。

部屋の中で迷子

退院後、半年に一度の検診を受けに岡山大学医学部附属病院に行った。主治医は簡単な診察と問診のあと、「よくなられましたねえ、生活もだいたい普通にやれそうですね」と言ってくれた。

「そうですねえ、お世話になりました」

お礼を言って、部屋を出ようとした。が、偉そうなことを言っておきながら、どっちから入ってきたのか、もうわからない。

「ドアはあっち、あっち」

やっぱりねって感じなのである。

自分のいる空間が、ほとんど視野に入る程度の大きさであるとき、決まってこういうことが起きる。部屋の中とか、住宅街の狭い路地に囲まれたスペースとか、診察室内やデパートの売り場など、いずれも見回せば周囲が一望できるような場所でのことだ。さっき自分が入ってきた入口の方向が、すぐわからなくなる。多分、視覚的情報の記憶が消えるのだ。来た時はこんな感じの場所を通ったという視覚的な記憶が数秒から数分で消えるので、今、来たはずの道を戻れないというのが、壊れた脳の方向オンチの謎解きのようだ。

狭いトイレの個室の中にいて急に出て行こうとする時は、一瞬、どっちに向かって動けばいいのかわからない時がある。あんなに狭い空間なのだから、普通ならドアまでの道に迷うことはないのだけれども、自宅のトイレという安心感から、暗い時間なのにうっかり電気をつけずに入ってしまい、用を足した後、便器に座った状態のままドアが見つけられずに大騒ぎし、息子にドアを開けてもらったことがある。勿論《もちろん》、カギはかけていなかったのだけれど、出られなかったのだ。トイレットペーパーは、入って腰をかけた瞬間、ドアを閉める前のうす明かりの中で用意をしていたので、用が足せたらしい。

空間の中での自分の位置の認識が難しいなら、当然道に迷うだろうと、周囲の誰もが心配してくれた。ところが私は、病後二度の引っ越しをしたのだが、いずれのときも、新しい街で様子がわからなくて考え込んだのは、最初のころだけである。普通の人でも、初めての場所で迷う程度、それと大差なかったはずだ。

私のマネージャーをしてくれている友人が言うには、住み慣れた高松の町では、私が駅舎からふらふらっと出ても、間違った方向に歩きだしたのを見たことがないという。高い建物などをひとつ確認できれば、あとはどの方向に歩けばいいか、すぐに理解できたのだ。まっすぐ行って、右に曲がって、少し戻るくらいの感じかなと、見も知らぬ建物に囲まれていても予想できるのである。街路に立っている時は街の中の構造が記憶に残っていたりすると、選ぶべき進行方向を間違えることはあまりない。

要するに、地誌的な勘はいいが、方向の感覚が悪いのだ。自分を起点とした方向感覚の欠如である。たとえばすいか割りのときなどに、方角をわからなくするために目隠しをして体をぐるぐる回したりするが、もしこういうことをされると、私の場合、目隠しをされなくても、まったくの前後不覚になるだろう。小さな部屋の中で方向感覚を失って悩みながら、くるくる回っていたりすることがある。

辞書が引けない

方向感覚だけでなく、空間に順序正しく並んでいるものの規則性が理解しにくいということも発見した。

たとえば、通し番号がふられた紙が重なっているとしよう。「1、2、3……」と下にいくにつれて数字が大きくなっていく。その当たり前のことが、感覚として理解しにくい。この不思議な感覚は、きっと体験した人でないとわからないだろう。奥行きのある空間で、向こうに行くにしたがって番号が大きくなる、という約束事を忘れているようなのだ。

だから順番どおりにコピーをとるのは苦手だ。もし書類を落としてバラバラにでもしようものなら、もとどおり正しく並べられない。

これは辞書に関してもいえる。目指す単語が、今見ているところの前にあるのか、うしろにあるのかが感覚的にわからないのだ。

ここには、単純に直線状に並んだ数字の概念に加えて、右ページなのか左ページなのかという三次元的な概念がからんできて、いっそう混乱する。国語辞典と英和辞典では、縦書きと横書きの違いがあり、表紙のつき方が反対である。これもまた勘を狂わせる一因であった。

次元とか位置的な法則の混乱は、頭頂葉障害に特徴的なものだ。音楽をやっていた人がオンチになるのも、音の高さを高低の順序に従って捉《とら》えられなくなるせいだと聞いたことがある。

これとそれではどちらが向こう側なのかという順序に関する感覚はとても理解しにく

く、パッと感覚的につかむことができない。誰と誰は何親等の関係というような順序と法則の理解なども、理論的にも感覚的にも簡単にはできない。絵を描いたりしてきちんと説明してもらえれば理解できないことはないのだが、子供でもわかる理屈がさっさとはわからない。

ただ、高次脳機能障害の困難は頭の回転速度というところに大きな問題があるだけともいえ、急《せ》かされたり慌てたりせずゆっくりやれば、大方のことは理解し、自分で間違いなく行動できるという人が多い。

いずれにせよ、このように私の生活は一変した。住む世界も変わった。

今までと、似て非なる世界。そこはまるでパラレルワールドに足を踏み入れたような、違和感に満ちていた。

第2章

脳に潜んでいた病気の芽

脳卒中発作の前兆

私の脳卒中《のうそっちゅう》歴は長い。大きな脳出血を三度乗り越え、生き延びて、なおかつ医師としての仕事にも復帰したしぶとい女だ。脳に病気を抱えながらも、大学を卒業して医師になり、結婚し、子どもも産んだ欲張りな女でもある。

脳に初めて異変を感じたのは、大学二年生のときだ。

一九八二年春、私は地元・香川県高松の高校を卒業し、東京女子医大に進学するために上京した。開業医の娘が九割という特殊な女子大は、のびのびとした環境だったが、勉強に関してはとても厳しかった。医学を志すものは一人ひとり、男であろうと女であろうと、どこの医大卒だろうと、人の命をあずかるという点でみな同じ責任を負うということを、徹底的に教えられた。

高校では親から部活動を禁止され、大学に入ってからもだめだとクギを刺されていたが、現実にはひとり暮らしで門限もない。テニス部に入って練習に励み、合宿にも積極的に参加した。普通の大学生と変わらない生活を満喫していた。ところが二年生の夏休み、実家に帰省中、私の体におかしなことが起きた。

炎天下を自転車で遠出した私は、ちょっとした脱水状態に陥った。そしてその夜、友だちと電話で話しているとき、受話器を持っていた左手の力がストーンと抜けてしまったのである。とくに意識を失ったわけでもないが、何かがおかしいと感じた。疲れや多少の脱水状態で、こんなふうに力が抜けるわけがない。

大学病院に検査入院したが、診断がつかなかった。もちろん、障害は何も残らなかった。

そういえば高校一年生のときにも、同じようなことがあった。それは持久走をしたあとのことだった。その日は少しがんばりすぎた記憶がある。走り終えて、歩きながら呼吸を整えているとき、軽く曲げていた左手がストンと落ちて、ぶらりと垂れ下がった。変だな、とは思った。だがたいして深く考えることもなく、誰にも話さなかった。左手の力が抜けたのはほんの一瞬のことで、すぐにもとに戻ったからだ。

今思えば、このときから病気の芽は、ひっそりと私の脳に潜《ひそ》んでいたのだろう。のちに、この左手の脱力が「一過《いっか》性脳虚血発作《せいのうきょけつほっさ》」という脳梗塞《のうこうそく》の一種であることがわかった。脳をめぐる血が足りなくなり（これを「虚血」という）、軽い脳梗塞と同じような症状を引き起こすのだが、一過性というように、二十四時間以内に症状はなくなる。

この発作は、大きな脳梗塞や脳出血の前兆であるといわれている。この時点で徹底的な治療とケアを行っておけば、大きな発作をくいとめることも可能だったはずである。

しかし、まだ二十歳そこそこの当時の私では、自分の体にそんな危機意識を持つはずもない。知識もなかった。自分の体が訴える警告シグナルを無視したようなものだった。

かつてない健康感

その後もテニスをやめず、まじめに練習に取り組んだ。高松で起こした発作のことなど、東京に戻ったとたんに忘れてしまった。

それどころか、高校三年生のときにストレス性の拒食症に陥ったため、三十八キロしかなかった体重が、四十八キロにまで増え、それまでに経験がないほどの健康感を味わっていた。多少の運動では疲れることはないとさえ思っていた。

枯れ枝のように細かった腕には、いつの間にか立派な力こぶができ、ふくらはぎは子持ちししゃものように筋肉がついていた。

このとき身につけた基礎体力が、のちに繰り返す脳出血からの回復とリハビリに、大きく貢献した。あの鍛錬《たんれん》があってこそ、私は三回もの出血を乗り越えられたと思っている。

華やかな都会の生活も味わった。当時はまさにバブル景気が始まったばかりで、ディスコが大流行。教室の掲示板は連日、ほかの大学医学部との合コン情報でいっぱいだった。

三年生になるとある男性とつきあうようになり、私は四六時中彼といっしょにいた。彼は私をいろいろなところへ連れていき、いろいろなものを見せてくれた。高松という小さな町で、「医者になるために「勉強しなさい」と言われて育った私にとって、彼の存在は大きかった。「好きなことをすればいい、言いたいことを言えばいい」と言ってくれる彼によって、心が解放された気がした。

子どものころ、私がもの心ついたときには、十歳と十三歳年上の姉たちはすでに思春期で、父は毎日のように姉たちを叩《たた》いていた。家族がそろってご飯を食べるときは、父の怒声と姉たちの泣き声でいっぱいだったのを覚えている。それは、これから育っていこうという三女には、いい見せしめだった。姉たちのように叩かれたくなければ、どうすればいいかということを、私は自然に学んだ。

母親も私を理解してくれない、と思っていた。私を見張り、私の部屋を家捜《やさが》ししては、「秘密はなんでも知ってるぞ」と言われているようで、私も母を信用できなかった。

だが、母の価値観とか虚栄心のようなものを満たしさえすれば、つらく当たられはしないだろうと思っていた。いつの間にか、親の喜ぶいい子でいなくてはならないという強迫観念みたいなものが、体にしみついた。

東京で初めて脳出血を起こしたとき、母はそれがいかに私が不まじめで、ふとどきな人間であるかの証明だと、私を責めた。親に隠れて何かしたことへの、天誅《てんちゅう》だと言う。

発病と家庭環境の因果関係についてさほど深く考えているわけではないのだが、もし、私が違った家庭に育ち、これほどのストレスにさらされた毎日を送っていなかったら……と思うと、私の心にはやや複雑なものがある。

東京に出て、私は解放された。何をしようと放っておいてくれる都会の無関心が、私には優しく感じられた。自分で何かを決めることを許されず、自分の居場所を見つけられなかった人間にとって、大都会の寛容や、自分を無条件に受け入れてくれる彼は、人生観が変わるほどの癒《いや》しだった。

突然の闇

卒業後は整形外科医になろうと決めていた。

私の実家は整形外科病院である。歳の離れた末っ子だったので、父は私をかわいがり、私も父が好きだった。とくに診察や手術を終えて、満足げに帰ってくるその姿を見ると、誇らしく思ったものだ。

「パパはなんでも知っていて、みんなに感謝される人」

もの心ついたころには、そんなふうに思っていた。父の仕事を楽しそうだと思いながら育ち、同じ仕事に就くことに迷いはなかった。

何もかもが順調に思えた一九八七年、大学六年生の秋のことである。卒業試験直前、私は講義の合間の休み時間に友人と話していた。

そのとき、なんの前兆もなくいきなり後頭部にものすごい痛みが襲いかかったと思ったら、だしぬけに吐いた。お酒を飲みすぎたときのように、「気持ち悪い〜」とつっかえながら吐くのではない。一気にドッと吐いた。これは脳卒中特有の吐き方だ。そして左手がしびれていた。

友人が上の階に放置されていたストレッチャーを持ってきて、救急外来に運び込んでくれた。その場にいた友人はみな、医者の卵だ。発作の状況から脳卒中を疑い、迅速《じんそく》に行動してくれたのだ。あとで聞くと、私は朦朧《もうろう》とした意識の中で、「しびれる、しびれる。私、死んじゃうよ〜」と繰り返し言っていたらしい。

徹夜明けのときのように、ちょっとでも気を緩《ゆる》めると深い眠りに速攻で落ちていく感じに似て、とにかく猛烈に眠かった。

「だいじょうぶ？　聞こえる？」

世田谷《せたがや》に住む親戚《しんせき》が駆けつけてくれたらしく、彼女の声が聞こえていたが、私はそのまま意識を失った。

モヤモヤ病

脳の血管に異常が起こる病気を総称して「脳卒中」といい、脳梗塞や脳出血、くも膜《まく》下《か》出血などがある。脳梗塞は、脳の血管が詰まったり狭くなったりした結果、血液の流れが停滞したもの。脳出血は、細い脳動脈が破れて出血すること。くも膜下出血は、脳を包んでいるくも膜の下のほうにできた動脈瘤《どうみゃくりゅう》が破裂する病気だ。その際、破れた血管からあふれ出た血液が血腫《けっしゅ》となって、脳組織を破壊してしまう。

しかし、私の脳動脈造影検査の診断結果は、そのいずれでもなかった。脳外科の教授は私にCT画像を見せ、「さあ、どう診断する？」と、口頭試問のように聞いてきた。

卒業間近にして、あまり見当はずれな答えをしては恥ずかしいと思いつつ、「なんかやばい感じですね」と、お茶をにごそうとした。教授はおかしそうに笑い、しかしすぐに真顔に戻って、病名は「モヤモヤ病」だと教えてくれた。

モヤモヤ病は、正式には「ウィリス動脈輪閉塞症《どうみゃくりんへいそくしょう》」という。原因は不明で、厚生労働省が難病に指定している病気でもある。

脳に栄養と酸素を供給している主要な血管が、なんらかの原因で狭窄《きょうさく》、または閉塞してしまうため、脳の血液が不足する。すると体は、そんな状況でも脳に血液を供給しようと、間に合わせの新生血管をにょきにょき伸ばす。だがしょせん付け焼き刃の血管だから、細くてもろい。造影検査をすると、タバコの煙のようにモヤモヤと見えることから、「モヤモヤ病」と命名されている。

日本人をはじめとするアジア系民族に多く見られる病気で、発症の平均年齢は三十五歳前後。幼児にも発生率が高い。この病気は頭に血がめぐりにくいので、小さいころに頻発《ひんぱつ》すると、場合によっては脳が発達せず、知能に影響が出ることもある。

そういえば、歌手の徳永英明氏もモヤモヤ病だと報道されたそうだ。週刊誌が間違えて「ムラムラ病」と書いたとかで、親戚にこの話を聞いたときには大笑いしたものだが、それほどなじみのない病気であることは確かだ。

医師国家試験を受ける私でさえ、その年の試験のヤマがモヤモヤ病だといわれていたのでよく勉強したものの、まさか自分がそんな難病に冒されているとは思わなかった。

新生血管がにょきにょき伸びるというプロセスが脳の中で起こるとき、多くの人は非常に苦しむそうだ。だが私の場合、まったくの無症状だったし、苦しくもなんともなく日常生活が送れたのは幸いだった。もちろん、私のモヤモヤ病の原因もわからない。

またこの病気は、「不具合は自分で解決しましょう」という人間の体の神秘というか、生きていくための偉大な力の結晶であり、これ自体は感嘆すべきことと私は思っている。

しかし問題は、この新生血管が細くてもろく、伸縮性にも乏《とぼ》しいゆえに、切れやすく詰まりやすいこと。つまり、脳出血や脳梗塞《のうこうそく》を起こす確率が高いのである。現に、今回の突然の闇も、軽い脳出血を起こした結果だった。

医学部の授業では、モヤモヤ病の患者が熱いラーメンを食べようとして、ふうふう息を吹きかけているあいだに、手がしびれたり一過性脳虚血発作を起こして倒れたなどという逸話《いつわ》を聞かされた。思えば高校一年生のとき、そして大学二年生のときの一過性脳虚血発作も、このモヤモヤ病が原因だったのだろう。

一過性脳虚血発作のように数分でおさまればいいが、のちの私のように大出血を起こすと死に至りかねない。私は悪運強く生き延びはしたが、脳組織が損傷を受け、高次脳機能障害を起こしている。その元凶であるモヤモヤ病は、やはりやっかいな持病なのだ。

だがこの大学六年時の脳出血では、後遺症や障害がまったく残らず回復。モヤモヤ病を抱えながらも、脳卒中を起こすことなく長生きする人もいると聞く。

根っから楽天的な性分なのだろう。そのときの私は、その後自分が大出血を繰り返すことになるとは予想していなかった。

整形外科医デビュー

出血後、しばらく経過観察のため入院したが、友人たちが病室に集まっては勉強会を開いてくれたおかげで、卒業試験は真ん中くらいの成績でパスできた。あとは翌年の国家試験を残すのみ。整形外科医を目指す気持ちに変わりはなかった。

ある日、脳外科の講師が突然病室にやってきて、言った。

「外科はやめたほうがいいよ。手術中に倒れたら大変だし、何より仕事がきついから。もっと楽な科を選びなさい」

しかし当時の私には、楽な科を選択する意味がよくわからなかった。あるかどうかわからない未来の病気の悪化を恐れて、やりたくない「楽な仕事」をする気など、毛頭なかった。

その後、大きな出血を二回経た今となっては、あのアドバイスを受け入れていれば人生も違っていただろうにと思わずにはいられない。おそらくは卒業後も田舎に帰らずに結婚し、東京で居場所を見つけていただろう。運命を予見することはできないけれど、あのとき、もう少し自分の病気に危機感を持てていたらと思う。

結局、症状が消失し、なんの障害も残らなかったので、退院して国家試験の準備に入った。就職も、母校の整形外科に決まった。そして五月、医師国家試験合格の報が入り、脳に病気を抱えながらも、本格的に整形外科医としてデビューした。

医局は体育会系の男性医師が中心だった。何かといえば酒を飲みに繰り出す。その合間に、技術や知識を得るために先輩医師の当直について病院に泊まり込む。これと通常勤務とで、三日に一度は当直という生活が続いた。

日中は病棟勤務と手術。教授も先輩医師たちも、実際の技術や知識から医師の心の問題まで、惜しみなく教えてくれた。激務ではあったが、新しいことを体験できることがたまらなく楽しく、疲れもストレスもまったく感じなかった。

それこそ息をつく暇もないほど忙しい日々を送っていて、モヤモヤ病の持病があることなどすっかり忘れていた。私の頭の中に息づいているはずの病気は、当時の私のエネルギーとバイタリティに押さえこまれていたのか、ひっそりとしていた。睡眠もそこそこという暮らしをしていても、なんの悪さもせず、じっと息を殺しているかのようだった。

ベルトコンベアー式結婚

そんな生活が二年ほど続いたころ、実家の父の体調がすぐれないと連絡がきた。早く私に帰ってきてほしい、という。

「いつかは田舎に帰って病院を継ぎ、父を楽にしてやらなくては」

そんな思いはいつも胸にあった。大学病院での忙しさとその刺激に、決断を先延ばしにしていただけだ。

実家では、父の病院を継ぐ前に経験を積ませようと、国立医大への就職口も用意していた。違う医局に入るのも勉強になるに違いない。今が潮どきか。

「行くところがあるなら行けよ」

悩む私の背中を、信頼する先輩医師が押してくれた。そして、楽しかった東京の暮らしを終わらせることを決心した。

当時つきあっていた彼にも、別れを告げた。私に生まれて初めて自由と自信を持つことを教えてくれた男性だ。結婚したいと思うほど好きだったが、彼は医師ではなく、親が許すとは思えなかったからだ。

さまざまな思いと訣別《けつべつ》するようにして、私は地元・高松に帰っていった。そして実家と大学病院、二足のわらじで働きはじめた。

姉の結婚話が出たとき、父が「縁談はベルトコンベアーに乗って流れているようなもの。あるところで決心しなければ、その話はどんどん行ってしまうものだ」と言ったのを覚えていた。結婚は一種の賭《か》けのようなもの、ということか。

そのころ、昔からそりの合わなかった母と毎日顔を合わせるのがいやになり、なんでもいいから家を出たいと思っていたこともあって、一九九二年、お見合いで結婚を決めた。

彼は国立医大の講師で、海外留学もとっくにすませていて、私の知らないことをたくさん知っている人に見えた。高校の先輩でもあり、高校時代の共通の恩師は彼の優秀さを絶賛して結婚を勧めた。結婚に突き進む要因が、考え直す要因をはるかに上回っていた。

持病のモヤモヤ病も打ち明けた。それでも結婚したいかとたずねたら、彼はしたいと答えた。「ぼくのほうも糖尿病の家系だし、お互い様でしょう」と。

新婚生活は、今から思えばややよそよそしいものだった。彼は家では必要最小限のことしか話さない。ごく初期には、仕事場の延長で、互いを「先生」と呼び合っていた。

結婚後も私の仕事のペースは変わらず、当直もした。彼は私以上に多忙で、連日深夜まで帰れない。彼の専門は内科系で、私とはまったく接点のない仕事だったが、可能なかぎり手伝った。たまの休みには、ドライブやテニスに出かけ、それなりに楽しかった。

「妊娠しちゃったんだ」

このころ私は三十歳。持病もあることだし、やはりできるだけ早めに子どもを産んでおこうと真剣に考えはじめた。そして妊娠。

当時、大学病院から派遣されて勤務していた国立療養所高松病院(現・独立行政法人国立病院機構高松医療センター)では、整形の病棟をひとりで診《み》なければならなかったが、看護師さんたちが優秀な人ぞろいで、何かと助けてくれた。つわりのときには「何かあったら呼ぶから」と、看護休憩室で休ませてくれたので、比較的楽に仕事を続けられた。

ただ持病のモヤモヤ病があり、出産時にいきむことで血圧が上がると危険と聞いたこともあったので、どう産むかは大きな問題だった。出産にあたって担当医たちに充分な検討をしてもらう必要があったので、私はまず母校の脳外科に入局した同級生に連絡をとり、以前に入院したときの画像診断フィルムを送ってくれるように頼んだ。

彼女は当時の担当医たちに私のことを話したらしい。すると、「そうかー。妊娠しちゃったんだ。ま、しちゃったんならしょうがないけど、うちじゃあ、モヤモヤ病の人は妊娠しないように指導してるんだよね。妊娠したら堕《お》ろしてもらうこともあるよ」と言われたという。

啞然《あぜん》とした。

そこで懇意《こんい》にしている母校の産婦人科の教授に、信頼できる医師の紹介をお願いした。教授は「産めない」とは言わず、すぐに香川医大（二〇〇三年に国立香川大学と統合）の教授を紹介してくださった。

妊娠の経過は順調で、おなかの子どもはよく動いた。妊娠八ヵ月ともなると、母親になる喜びが徐々に湧《わ》き上がり、私は幸福感に包まれた。臨月には大事をとって産休を申請したが、なかなか思うようには休めず、太鼓のようなおなかを抱え、車を駆って通勤した。

すぐに持ち出せる入院セットを自宅に用意したころ、原因不明の坐骨《ざこつ》神経痛が発生した。あわてて受診すると、そろそろ産みごろだし、病室はたまたま空いているし、今のうちに入院しましょうということになった。仰向《あおむ》けに寝ていると、胎児の頭、背中、手足の方向がはっきりと触知できたので、夫は興味深そうによく触っていた。

長男誕生

六月十四日に帝王切開《ていおうせっかい》で手術が行われることになった。いきむことで血圧を上げないようにという理由からだったが、帝王切開はその名のとおり、皇帝の子どもが生まれるくらい大事をとるときに行う出産法だから、これより安全な産み方はない。手術に関しても仕事柄、一般の人より抵抗がない。執刀医《しっとうい》をはじめ、私が頼みうる最善のルートでここまできたのだから、取り立てて不安はなかった。

当日は、朝一番で手術室に搬入された。まず横向きに腰椎《ようつい》麻酔を受けた。が、これが効きが悪く、痛みを感じた。人間の血圧は痛みによって上昇する。麻酔医はあわててガスの麻酔用のマスクをかけて眠らせにかかった。執刀開始から数十分後に、元気な産声《うぶごえ》を聞いた。

男の子だった。

産湯を使ってこぎれいになった子どもを胸のところに持ってこられ、顔を見た。しっかり握った指の小ささが愛《いと》しかった。

初めての授乳のため、授乳室に呼ばれた。切腹後のため、まともに背中が伸ばせない。体を二つ折りにして前のめりになって、やっとのことで授乳室まで歩いていった。それでも早くから乳房マッサージもやっていたので、私の乳の出はとてもよかった。

このように、私には何事も早くから準備万端整えないと気がすまないところがある。出産の準備も、妊娠四ヵ月のときに通信販売ですべてそろえた。こういう几帳面《きちょうめん》すぎる性格が脳血管障害にはよくないのではないかと思っている。脳出血を繰り返す要因は、そんなところにもあるかもしれない。

余談だが、持病を抱えながら出産して、さぞや感激しただろうとか、初めての授乳に感動しただろうとか、後日友人に聞かれたことがある。この原稿を書くにあたっても、初めて子どもをこの手に抱いたときのことを、もっと感動的に書きたかった。

だが、正直言って、特別に感慨深いものはなかったのだ。なぜだろうと自分で考えてみて、それは私が医者であるせいかもしれないとの結論に達した。

いつのころからか、私はよほどのことでないとびっくりしたり感動したりしなくなっていた。おそらく女医なんて、みんな似たり寄ったりではないだろうか。大学に入ると、人間の死体を切り開き、手をその脂でぬるぬるにし、実習では数々の動物の命を奪い、臨床をやるようになってからは病気の人をみんなで見世物のように取り囲む。医者になってからは、何度も患者さんの点滴を失敗して痛がらせながら腕を磨き、飲み会につきあったというだけで翌日の手術をさせてもらい、患者さんの訴えは、「そんなもんなのよ」でかたづけ、ときには医療ミスを起こしそうになる自分に背筋を寒くする。

とにかく刺激が多すぎて、ちょっとやそっとじゃ感情が動かなくなるのだ。

もちろん、子どもが生まれたことはうれしかったし、安心もした。だが感極まって泣くようなことはなかった。

生まれたての赤ん坊の口に乳首を差し出すと、本能で吸いはじめる。これを「吸啜《きゅうてつ》運動」または「吸啜反射」という。そういうことが先に知識としてあるからか、授乳の際にも「ふうん、これが吸啜反射か」と淡々と思った。想像以上の痛さにだけは驚いたが。

ロマンも何もあったものではない。一般の感覚からすれば相当に変わったヤツであろうが、これが女医の哀しい性《さが》である。

三十四歳、脳出血に倒れる

子どもは「真規」と命名した。夫と私の名前から一字ずつとって決めたのだ。それまで家の中ではほとんど話すことのなかった夫とも、ようやく共通の話題ができた。しかし相変わらず仕事でがんじがらめの彼は、毎日深夜に帰宅。育児はおろか家事に協力する暇もない。

私も産後二ヵ月目には実家の整形外科病院の副院長として復帰し、家に帰れば子ども中心の生活。仕事、家事、育児の毎日にへとへとで、夫の生活に合わせるすべも、「手伝ってよ」のひと言を放つ気力も残ってはいなかった。すれ違いの二人に変わりはなく、コミュニケーションという意味では最低の夫婦だったかもしれない。

一九九七年十二月、父が他界し、私は父の後任として院長の座についた。それと前後して夫は岡山大学に転勤になり、単身赴任。二人の距離はいっそう遠くなった。

それからすぐの翌年一月。

三十四回目の誕生日を元気に迎え、私は相変わらず仕事と育児に明け暮れる毎日を送っていた。その月の終わりのことだ。

就寝中、あまりの気持ち悪さに目覚めた私は、岡山にいる夫に電話で「切れたかもしれん」と告げ、自分で一一九番した。三歳の息子と手をつなぎ、救急車で搬送された。

予想どおり私は脳出血を起こしていた。脳梗塞《のうこうそく》も合併した。再び目が覚めたとき、私は霧深い世界にたたずんでいた。このときから私と高次《こうじ》脳機能障害《のうきのうしょうがい》とのつきあいが始まったのである。

第3章

病気を科学してみたら

私、老人なんです

最初の手術後、新たに住むことになった岡山で、私は専業主婦として社会に再デビューした。このころは、五感も思考もとても鈍かった。まるで三十歳くらいいっぺんに歳をとったようだった。子どもの手を引いて歩きながら、心の中で思っていた。

「私、普通に子育て中の、ちょっと疲れた三十代に見えるでしょう？　でもね、本当はね、私は老人なんですよ」

人間に化けて人ごみを歩いているエイリアンのような気分だ。とくに、以前の私を知っている人たちは、どんなにつきあっても老人である私の正体に気づかなかった。以前の私ではないと思っているのは、自分だけである。しかし頭の中は、相変わらずの霧。

……私は磨《す》りガラスの入った窓がついた部屋にいる。窓の向こうには社会があって、人が歩いている。ときどき誰かが訪ねてもくる。開けようと思えば開けられる窓ではある。その人たちと話していると、霧が薄くなるのが感じられる。

ふだん、磨りガラスの窓は閉まっており、あまり光は入ってこない。騒音も少ない。見上げるともうひとつ、上方に天窓があり、そこからは光が入ってくるようだ。

私はいつもその薄暗い部屋の中で、膝《ひざ》を抱いてじっと座っていたいと思っているが、たまに思い切ってはしごをのぼり、天窓から顔を出してみることもある。そうしてあたりの風景を見回してみる。だが天窓までのぼってみようと腰を上げることは多くない……。

私の状態は、こんな感じだった。

これではいけない、と思いはじめた。生来の貧乏性である。積極的に窓の外に出て行かなくては、いつまでも眠ったような頭のままだ。

そこは「体育会系」というやつだろうか。「根性」とか、「練習練習また練習」とか、そんなところに美徳を感じてしまう。

いろいろな自分に会える

ある朝、子どもを幼稚園バスの停留所に送っていったとき、お母さんたちに提案した。

「うちで子育ての勉強会をしませんか」
あまり強い思い入れはなかった。何かしなくては、という気持ちが先に立って、なんとなく言ってみたのだが、思いもよらず反響があった。意外に希望者は多く、四〜五人の奥さんたちが定期的にわが家に集まるようになった。

おかまいをするわけではない。ただ車座に座って、小児科医の書いた本を、少しずつ輪読するのである。専門用語など、わからないところに私が解説をつける。

本当のところを言えば、私の目が本の文字をとらえにくくなったので、いっそ誰かに読んでもらったら、というずるい発想からだった。ただ読んでもらうわけにはいかないので、「私が教えてあげる」と恩に着せてみたのである。そういうこざかしい作戦を立てる力は残っていた。

その会は、さまざまな副産物をもたらした。

本の内容について、「あんなことがあった」「こんなこともあった」と、新米ママたちの育児経験を語り合った。勉強は勉強として、いつしかその場は奥さんたちの茶話《さわ》会へと変貌《へんぼう》し、互いに悩みを打ち明けあい、共感しあって、おおいに話に花が咲く。私の役目はというと、「それで普通よ〜、正常よ」と、医者として述べることだった。

さんざんおしゃべりを楽しんで、ストレスはすっきり解消。毎回、楽しかったと感謝の言葉を残して解散する。楽しい会になった。

一方、私にとってはたくさんの人と会話することが、このうえないリハビリになっていることを感じていた。

まず人の話を聞く。相手の気持ちを想像する。理解しようとする。使えそうな記憶を拾い集めてくる。適切なアドバイスの組み立て工事にかかる。相手の反応を見ながら、試行錯誤しつつ、その人に合うオーダーメイドの答えを作成する。私の脳にとっては、じつは大変な運動量だった。

実際、私の頸《けい》動脈は、血液を激しく脳に送っていた。私は脳の中の血液供給路が一部途絶えている病人である。おしゃべりを続けるうちに脳への供給路はフル稼働し、いっぺんに顔がほてってくるのを感じた。

まわりの人から見た私は、少しボーッとして、婉然《えんぜん》と微笑《ほほえ》んで、静かにお茶会の雰囲気を楽しんでいる風情《ふぜい》だったらしい。頭の中は大騒ぎであったのだが、奥さんたちにはいつも、「おおらかで穏やかな人」と言われていた。これまであまり言われたことのない表現である。友人に「生き馬の目を抜くような人」と言われたことはあったが。

つまり、相当なおっとりやさんに見えていたということだ。いろいろな自分に会えるのも、考えようによっては、この障害の醍醐味《だいごみ》ではある。

高次脳機能障害のつらさ

退院して、もうひとつ積極的に取り組んだのは、自分の障害、高次脳機能障害《こうじのうきのうしょうがい》について調べることだった。さいわい時間はたっぷりある。最初は不自由だった読むことも、繰り返しチャレンジしていたら、やがてすんなりと読めるようになった。わりとしつこい性格なのが、功を奏した。がむしゃらに読んだのがよかったのかもしれない。

同じ箇所を何度も読むので、本の内容が思ったよりも頭に残ったようだ。これもけがの功名《こうみょう》である。繰り返し練習することが、リハビリに多大な効果をもたらすことを体で知った。

高次脳機能障害。続けて読むと、人間の頭の中に「高次脳」という部分があると誤解されがちだが、そうではない。より正確に表現するなら、「高次の脳機能の障害」ということである。つまり思考、記憶、学習、注意といった人間の脳にしか備わっていない次元の高い機能が、脳の損傷によって故障する、あるいは失われる障害をいう。

脳卒中《のうそっちゅう》以外にも、交通事故などによる外傷性の脳損傷、自己免疫疾患、アルコールや薬物などの中毒疾患で起こることもあるという。

ちなみに脳卒中の後遺症として代表的なものに、知覚や運動などの「麻痺《まひ》」があるが、これは進化の進んでいない動物にも見られることで、高次脳機能障害とは呼ばない。

では具体的にどんな症状が見られるのか。さらに調べていくと、これまたびっくりするような話が出てくる、出てくる。

靴ひもを結べない。洗濯機やテレビの使い方がわからない。スプーンやフォークをどう持っていいかわからない。箸《はし》が使えない。はみがき粉のチューブで歯を磨こうとする。長年住んでいる自宅の間取りを忘れる。近所で迷子になる。「敬礼をしてください」と言われているのに「バイバイ」と手を振る。隣に座っている友人を見て「猿がいる」と言う。鉛筆を見ながら「消しゴム」と言う。ボールペンで髪をとかそうとする……。

幼い子どもの話ではない。立派な成人が実際にした話である。要するに、正常な人間であれば無意識のうちになんの苦労もなくできることを、忘れてしまっているのだ。ひどいときには、日常生活ができなくなる。

私も健康なときだったら、「ほんまかいな」とツッコミのひとつも入れたかもしれない。大の大人がそんなふうになるなんて、信じられない。でも自分も後遺症を持つ身になってからは違う。どれもありうる話だろうと、心底納得できた。

何があってもあまり動じないほうだと思うが、さすがに今回だけは、事態は深刻そうである。実際、毎日が自分にがっかりさせられることの連続なのだ。

子どもの幼稚園に持っていくものを忘れる。お休みの日に登園してしまう。お迎えの時間を間違える。探し物が見つからない。自分の住所や名前を書かずに郵便物を出してしまう。こんなことばかりだ。そして何より、次々と失敗をやらかす自分を、私自身がなかなか受け入れられない。情けなくてしょうがない。

「何やってんだろう、私」

そう。高次脳機能障害の本当のつらさがここにある。おかしな自分がわかるからつらい。意識レベルが低い状態なら、まわりには迷惑をかけるだろうが、自分としてはたいして気に病むことはないかもしれない。

でも高次脳機能障害では、知能の低下はひどくないので、自分の失敗がわかる。失敗したとき、人が何を言っているかもわかる。だから悲しい。いっこうにしゃんとしてくれない頭にイライラする。度重《たびかさ》なるミスに、我ながらあきれるわ、へこむわ、まったく自分が自分でいやになる。見た目には「ちょっとトロい人」くらいにしか見えないため、街に出ても他人様《ひとさま》は冷たい。

肉親くらいは優しくしてくれるかというと、ところがどっこい。病気前のイメージが抜けないせいか、もう治ったと思いたいのか「しっかりしろ」と容赦ない。さらに落ち込む。

へこんだままでいたくない

だがその半面、私は高次脳機能障害という未知の世界に、医者としてひどく心奪われていた。どんな本にも書かれていない摩訶《まか》不思議なことが、毎日、私自身の身に起こるのだ。その理由を、そのメカニズムを知りたいと思った。

私の脳の外にいる人にはけっしてのぞくことのできない、私だけの世界。脳が壊れた者にしかわからない世界。正常な人は気づかない、誰も立ち止まって見たことのない脳の中。みんな頭に、ちゃんとひとつずつのせて生きているというのに。

高次脳機能障害は、裏を返せば壊れた脳の部分が正常であったときにどんな役割を果たしていたかを教えてくれるものでもある。手当たり次第に本を読むうち、壊れた脳の示す症状から、正常な脳の同じ部分が何をしているのかを知る学問を「神経心理学」と呼ぶことを知った。

自称、学究肌。じつは単なるオタクの私は、「めっちゃおもろい」と思い、その分野にのめり込んでいった。

前述した私のカリスマ・山鳥重《やまどりあつし》先生との出会いも大きかった。先生のアドバイスや励ましの言葉に支えられながら勉強した。勉強するうち、わけがわからないと思っていた自分の障害についても、だんだん説明がついてきた。

母校である東京女子医大の医局に勤務していたころ、ひよっこ医師である私に、先輩は重要なことを教えてくれた。それは、「自然現象、つまり症状には必ず理由がある」ということだ。

私が脳卒中後、毎日繰り返している失敗にも、必ず科学的理由がある。それを知ることは、自分の障害を理解し、乗り越えていくための大きな助けとなるはずである。

脳卒中で後遺症が出ると、多くの人は何もできなくなってしまった自分にショックを受け、絶望感にひたりがちだ。まわりの人がぜんぜんわかってくれないと感じたり、自分を受け入れてくれない社会を恨んだり、自分だけが社会から取り残された気がして、あせることもあるだろう。

こんなつらいリハビリを続けてなんになるんだと、障害から目をそむけ、すべてを投げ出したくなるかもしれない。私だって、しょっちゅうそんなネガティブな気分になる。だけど、つらい、悲しい、大変だ、とぼやいていても病気がよくなるわけじゃない。へこんだまま、立ち止まっていたくはない。理由もわからずに、やみくもにもがき苦しむのもごめんだ。なぜ自分がこんなことで苦しんでいるのか、原因が知りたかった。この障害を客観的に見つめて、正体を突きとめたかった。

独学を続けるうちに、病気になったことを「科学する楽しさ」にすりかえた。自分の障害を客観的に面白がれるようになれば、こっちのものだ。これまでやってきた数々の失敗も、理由がわかると「なあんだ、そういうことか」と気が楽になる。だいたいやりそうな失敗も見当がついてくるから、ちょっとやそっとじゃ驚かなくなる。些細《ささい》なミスに悲しくなったりイライラすることが徐々に減り、やがて笑い飛ばす余裕さえ出てきた。

「脳卒中の後遺症のおもなものに、記憶障害と注意障害があるんです」なんて言ったら、健康な人は、なんだか大変そうでかわいそう、と思うかも知れないが、実際は健康な人でも高次脳機能障害と似た経験はしているのである。

たとえば、眼鏡《めがね》をかけていながら「眼鏡がない」と探したり、電車の切符をどこにしまったか忘れて改札《かいさつ》の前でアタフタしたり、考え事をしながら探し物をしているうちに「何探してたんだっけ？」と立ちすくんだり。ボーッとしていたり、極端に疲れていたり、寝ぼけているときなど、自分でもあきれるような思い違い、勘違い、見間違いといった「うっかりミス」をすることは誰にでもある。もともと注意力散漫な傾向のある人や、高齢者ならなおさらだろう。

最初は「なんて悲惨《ひさん》な障害」としょげていた私だが、「なんだ、うっかりしてる人とたいして変わらないじゃないの」と気づいてからは、だいたいのことは「バッカでー。またやってもうた」ですませるようになった。

神経の図太《ずぶと》さが、私をなんとか立ち上がらせてくれた。

できない自分と折り合う

理屈がわかって、心の重石《おもし》が軽くなるのと並行して、日常生活においてもいろいろな面で不自由な自分と折り合いがつけられるようになった。

視覚失認で苦労していた階段の上り下りに関しても、私は決定的な発見をした。簡単にいえば、目で見て混乱するなら見なければいい、ということだった。

最初は思いつきで手すりに身をゆだね、目をつぶって下りてみた。足で探って、前のステップを確認する。前方への体重移動ののち、うしろの足はどこで力を抜くかだけを考えて進む！

私の足は、階段の下り方を覚えていた。「最初から足にまかせてくれればよかったのさ」と言われているよう。目は前方にまだ段があるかどうかの確認だけに使うようにして、あとは足が動くままに下りればいい。

そうだ、大脳は忘れていても、小脳が覚えていたんだ、とちょっとうれしくなる。小脳はおもに反射神経をつかさどっている。

急性期（まだ生命に危機の残る時期）、一時的に視覚はもっとも信用できない知覚となった。だが完全に目をつぶって歩くのは、やはり危ない。そこで、いわゆる「遠い目」をして歩くことにした。意図的にそうしたのではなく、転んでも転んでも外を出歩くうちに、自然とそうなった。知らない人が見たら一見して視覚障害者だろうと思うような、ボーッとした目で歩く。これが断然歩きやすい。

目に力が入らない分、広く浅く周囲を見ることができる。薄く、広く、注意機能が働いていると感じる。ぼんやりしているようでも、正しい曲がり角を確認したり、街の看板の文字まで読んでいる。足にも充分な注意が向けられる。

自分の歩く様子を客観的に観察すると、私はよく足を引きずっている。足を、視覚障害者の杖のように使って、地面の状態を触《さわ》って確かめているのだ。これによって、体重を預けるのにふさわしいかどうかが、よりスムーズに判断できるようになった。

手探り

私の視覚のいい加減さを補ういちばんの知覚は、触覚である。いきなり足を踏み出したりパッと手を出したりせず、まずは暗闇で動くようにそっと手探りするのだ。触《ふ》れることで、私の「社会の常識の記憶」が呼び出されるように感じられるのだが、触ってものを確かめていると、ある程度の時間を要する。もしかしたら、その時間が私にものを考えさせているだけなのかもしれない。

入院中に、家からコンピュータを持ってきてもらったことがあった。脳卒中で倒れる前、毎日使っていたものである。にもかかわらず、電源を入れるスイッチの位置がいくらながめてもわからない。目をつぶり、手でなでまわして、やっと発見した。「確かこのへんをこうやって触っていた」という記憶と触覚の共同作業で割り出されたのである。

ごちゃごちゃした机の上で探し物をするときも、私は無意識に手を伸ばして、まず触ってみる。それでどれだけ効率が上がるのかは定かでないが、少なくとも手で触ることで考えがまとまりやすくなって、目的を達しやすい気がするので、おまじないのようにやっている。歩くときも、よくわからないところに足を突っ込む怖さが薄れる気がする。

脳よりも体が覚えていて助けられたことはほかにもある。意外なことに、漢字を書くことがそうだった。

漢字を書こうとして、「へん」と「つくり」をどう組み合わせるか、悩みまくっていた私だったが、あるとき「まあいいや、まずは書いちゃえ」と、得意の見切り発車をしてみた。下書きだから、そのへんの紙に殴り書きである。

すると、さっきまでうなっていたのがうそのように、難なく書けた。見切り発車はよくないと、つねづね自分を戒《いまし》めていた私だったが、結果オーライである。そうか、殴り書きしてみればいいんだ。階段を下りたときと同じで、考え込んだら答えは出ないのだ。

こうして私は「運動神経で書く」ことを発見したのだが、もちろん何もかも自分の工夫で解決できているわけではない。

そんなときは「他力本願《たりきほんがん》」が役に立つ。たとえば、ある書式の所定の欄《らん》に正しく書けているかは、どんなに注意を払ってもつねに不安である。だから小包を出すときなどは、必ず窓口の人に送り状を示して「不備はありませんか」とたずねることにしている。

それでも案外、届いた先で不備が発覚したりして、窓口の人もミスをすることはあるようだ。健常な人でも私程度にぼんやりしている人はたくさんいるということだろう。

そう思うと、そんなに自分を卑下《ひげ》することはないかもしれないと思ったりもする。

もうひとりの私

そのうち私は、私を助けに出てくる「もうひとりの私」が脳の中に息づいていることを感じるようになった。

たとえば、突き指を予防するのは「不用意に手を突き出さない」ことを意識する注意力で、これは理性に通じるもの、いわゆる前頭葉の働きではないかと私は解釈している。

そういう意味で「もうひとりの私」を、私は「前子《ぜんこ》ちゃん」と命名した。前頭葉《ぜんとうよう》の「前」に、もうひとりの私も女性だろうから「子」をつけて前子ちゃん。前子ちゃんが「ほら、急に手を出さないで。まずそっと手探りしてごらんなさい」と私に注意を喚起《かんき》してくれるから、突き指は防げる。

コンピュータの電源がどこにあるかわからなかったときも、「触覚という機能があるでしょう。手で触ってみてはいかが」とアドバイスしてくれたのは、ほかならぬ前子ちゃんだった。

私にとって大きな足かせである視覚の問題は、記憶障害や注意障害とグルになっているので、まったくタチが悪い。生活のあらゆる場面で私を困らせる。しかし前子ちゃんの存在に気づいてからは、おろおろすることが少なくなった。彼女の声に耳を傾け、落ち着いて問題に向き合えるようになった。

何かを探しに部屋へ入っていって、何をしにきたのかわからなくなることがある。しょっちゅうある。そんなとき私は、どうやってここまで来たんだったか、なぜそれを必要としていたのか、覚えているかぎりの過去にさかのぼって、スタート地点からここに至った経緯をひとつひとつ思い出そうとする。

これは純粋に「思い出す」作業ではないかもしれない。どちらかというと、「初めにこんなことがあったとしたら、私はきっとこういう行動に出る人間だろう、だから今、私はこれを探そうとしているに違いない」という推測に近い。

そのうち、単純な数字でも、記憶に残りやすい方法があることを発見した。ただ覚えようとやみくもに努力するのではなく、なんらかの関係したエピソードで数字に意図的に飾りつけをすると、比較的引き出しやすくなる。それは、ものを探すときも同じである。

そのことに気づいて、私流の「思い出し方」のプロセスをていねいに追うようになってから、人に迷惑をかけることは減った。

しかし本当は、そこに気づいたのは私ではない。現実の問題に直面している私はといえば、ただ戸惑っているだけである。霧に包まれて前後不覚になって、うずくまったままである。考えようとしても、頭はさびついた機械のように動かない。まわりを見回してみても、薄暗く静かなだけ。体は妙に重い。

これは現実の私の状況を言っているのではない。私の頭の中で、「私」がどういう存在かということである。気持ちはあせっても、足かせでもはめられているかのように、私は動こうとしない。

そこへ毎日、彼女が助けにくる。私の中にいる前子ちゃんがやってくるのだ。

結論から言うと、「私流の思い出し方」に気づいたのは彼女である。私が自分で呼んだような気もするが、たぶん違う。いつの間にかそこに立っていて、問題に顔を突っ込んでいる。

「あのね、どうしようか。答えが出ないよ」

彼女への言葉は、私の独り言のようでもあるし、向こうから一方的に話しかけてくれている声のようでもある。「彼女」と「私」の境界線は明らかでない。

鍵になるのは記憶

頭の中に私の記憶をおさめた小さな部屋が無数にあって、ひとつひとつドアを開け、明かりで照らしていく。この部屋じゃない、次。ここも違う、次。そうやってぐるぐる探している。主導権は彼女にあるように思う。

ときどき、私はどこかの部屋の片隅に落ちている「記憶」のかけらに気を取られて立ち止まったりする。かけらは、ずっと忘れていた遠い記憶だ。何年も頭に思い浮かぶこともなかった出来事。しばし、ああ、あのときはそうだった、と立ち止まっていると、そんなことしに来たんじゃないでしょ、と彼女が言う。そうだね、とまた探しはじめる。

そうやって該当する記憶をめでたく見つけ出すこともあり、そうこうしているうちにあきらめるのか、探していたこと自体を忘れるのか、気がつくとほかのことをしていることもある。

彼女が出てくることをはっきりと意識しはじめてから、いろいろなことが解決しやすくなった。困ると、まず彼女に聞いた。彼女がどこにいるのかと聞かれればわからないが、ここにいるというある種の確信を持って。

「ねえ、これってどうしよう」

すると、彼女は説明を始める。

「待って。あわててやりはじめないで。いい？　これはこうでしょ。だからこうなってるはずなの。だからそれじゃまずいから、こうしてみるのが得策よ」

私は妙に納得する。じゃ、そうしよう、と行動に移る。その行動に誤りはなく、滞りなくことは進む。

まわりの人間はたぶん、「反応が遅い」と思っているだろう。「問いかけをしてから答えが返ってくるまでに、なんでこんなに時間がかかるんだ」と不思議に思っているはずだ。その間、私は彼女と会話したり、記憶のかけらを探すのに忙しく、外の世界にいる人をほったらかしにしている。答えが出ると「なんだこの人、のろいけど案外まともじゃないの」と思うのだろう。

そうしてまともな人間扱いされていくことは、霧の中に住んでいる人間にとって一長一短ある。一人前に扱われることは悪いことではないが、多くの場合、それは過大評価なので、いつも期待を裏切る人間として叱責《しっせき》される原因となる。それがストレスになり、注意や思考を混乱させ、意欲を失わせる。これが後遺症を負ったたくさんの人が社会に溶け込んでいけない原因でもある。

山鳥教授は、「人間の行動は記憶がすべてである」とその著書で述べておられる。私が探検してきた脳の中の世界で、いつも鍵《かぎ》になるのは記憶であった。何をするときも、うまくいかないと、どうしたらいいのか記憶の中を探し回った。そして、それを「彼女」とともに見つけ出してきた。そのあとで、彼女に説明してもらうという手続きを踏むと、ようやく問題は解決した。

記憶のしくみ

記憶の中枢がどこにあるか、本当のところは誰も知らない。知っているつもりの人は多いが。

「海馬《かいば》」であるとよく言われる。もちろん海馬が記憶にとって大きな役割を果たしていることは、いろいろな研究で証明されている。私の海馬は、画像診断上、まったく無傷であると、何人かの脳外科医から説明された。しかし私の記憶はまったく正常というわけではない。これはどう説明すればいいのか。

海馬は、ある種の記憶中枢ではあっても、すべてではないのか。あるいは、記憶の「形成」「維持」「再生」は、それぞれ別の中枢を持っているのだろうか。

私の物忘れの中で、もっとも起こりやすいのは自分の思考に関するものだ。油断していると「あれ、何を考えていたんだっけ」という具合に、数秒でふわふわと消えてしまう。しかも、これはメモや形で残しにくく、手を打ちにくいのでいちばん失敗が多い。

何かを思い浮かべて、「あれをやっておかなきゃ」とか「おお、それはいい考え！」とか、ふと頭に浮かんだことを思い浮かべたきり野放しにしておくと、その思考が消えていって再生できない状況になるのに、ほんの数秒しかかからない。

浮かんだばかりの思考はかき氷にお湯をかけたような速さで、その記憶が掻《か》き消えていく。消えていく瞬間を目の前で見つめていながら、何とかしたいと思っても、唖然《あぜん》としてしまっている自分には手の施しようがないのである。「さっきはやらなくちゃって、一度は思ったのよねえ」という残りかすのような記憶の痕跡《こんせき》しかないというのが、思考を記憶する難しさだ。

考えが浮かんだ直後に人に話したり書きとめたりすれば、あの時、彼女に話したよ、とか、メモ帳に書きとめたよ、という行動の記憶として少しは残るものがある。「記憶を練っておく」というのはこういうことで、覚えておきたければ、そのできたてのふわふわの記憶にいろんなものをくっつけたり、他のエピソードと一緒にしたりというひと手間をかけておかないと、波にのまれる砂の城のように消えていくのだ。

人が近くにいる時には人に話すのが比較的良い方法である。書きとめるというのはいかにも簡単でよさそうだが、ペンを握る、文字を書くという行動にも時間はかかる。メモを書きつけるのに要するひどく短い時間があれば、頭で考えたことの記憶が跡形もなく消えるのに充分なのである。私はさっき薬を飲みました、などの行動の記憶も数秒で消え、薬瓶を前にして、「さっき飲んだよね？」と前子ちゃんと会話することも多い。

しかし、良いアイデアなどの思考が記憶から消えていく素早さから思えば、薬瓶を開けたという記憶や、机の上に必要な錠数を並べている風景の視覚的記憶など、行動には、その周辺情報が多いのでまだマシという感じがしている。

高次脳機能障害は揺れる病態だと、山鳥教授もおっしゃっていた。そのときそのとき、その人その人でいつも同じということはない。私の記憶も、恐ろしいほどきれいに消えて何もないと感じることも多く、その日一日はキツネにつままれたようで、もう二度と思い出せない気がするけれど、それが何日か経つと、あっという間に隅々まで思い出すことがある。これはどうしてなのか。

人間はまず、記憶をとりあえずちょっとそのへんに引っかけておいて、あとでじっくり見直すという、二段階の作業をしているのではないだろうか。

忘れっぽくなってから、やたらと短期記憶が消えるわりに、何年も前のことは覚えていることに気がついた。しかも中途半端に古い記憶より、徹底的に古いものほどしっかりした記憶がある。二年前よりは二十年前のほうが覚えている。

つまり熟成の度合が違うということだろう。何回も反芻《はんすう》した記憶は消えない。つい最近の出来事でも、たいして使わなかった記憶は、早晩消える運命にあるのではないか。

さらに山鳥教授の本で得た知識によれば、短期記憶と長期記憶では責任中枢がそもそも違うのではないかという。私自身も「担当者が違う」という感じがする。前の担当者からだんだんと次の担当者に移っていく過程があるように思う。

記憶にもいろいろな種類がある。形、色、音、味、匂い。人が何かを認知するとき、必ず記憶は働いている。

「年少さん、お休みです」

私の病気騒動で、息子・真規は幼稚園への本来の入園時期を少しはずしたが、どうにか四月には入園させることができた。

そのころ、私はまだどっぷりと霧の世界につかっていた。幼稚園までの五十メートルほどの道を、真規の手を引いて歩いていくことが大冒険だった。信号のない横断歩道では、どのタイミングでどちらに向かって歩き始めるのか、判断するのが難しかった。信号があっても、うっかりしていると見落とすので、まだだぶだぶの制服を着た真規に、「赤だよっ」と制止されながら、よたよたと歩いた。

登園時間に遅れないよう間違いなく出かけることも、最初は至難の業《わざ》だった。時計が読みにくいうえに、「あそこまで歩くのに何分かかるから何時に家を出る」という計算ができない。私はしばしば、やたらと早く家を出た。わからないので、とにかく早く出て、遅れないようにするしかなかったからだ。

入園当初、年長、年中、年少が順番に休んで生活に徐々に慣れていく、いわゆる慣らし保育の時期に、曜日を間違えて子どもを登園させてしまったこともある。

「よろしくお願いします」

「ハイハイ、おはようございます」

無事に子どもを送り届け、やれやれとそのまま市役所に出かけ、家に帰ったら電話がジャンジャン鳴っている。

「今日は年少さん、お休みの日です」

幼稚園が始まったばかりで、先生も子どもの顔をすべて覚えているはずもなく、私が預けたときにはなんの疑問も持たなかったらしい。

本当はお休みだったはずの息子の年少担当の先生がたまたまおられて、あとで大騒ぎになったという。それでも私が迎えにいくまでずっとマンツーマンで遊んでくれたらしく、息子は大喜びだ。はっきり言って、ただで時間外保育をしてもらったようなものだ。

この幼稚園は、なぜか休みが多かった。ウィークデーに不定期に、いろいろな理由で休みが入る。月の初めに予定表が配られるが、私の目には字の羅列《られつ》としか映らない。「待てよ、あわてずに」ともうひとりの私が励まし、一字一字読んで、意味をつかんだところで、うっかりしていると今読んだものを忘れてしまう。

そこで大きなカレンダーを用意し、予定表を読んだらすぐに、その内容を書き写すことにした。お知らせのプリントも、手から離した瞬間に記憶から消えるから、これもひとつのカレンダーに全部書くことにする。わからなくなったら、カレンダーを見ればいい。これでずいぶんと楽になり、ミスが減った。

絵本袋を縫う

医師をしていたころは、息子の世話は保育士さんにすべておまかせして、心おきなく仕事に没頭できた。が、幼稚園では「おまかせ」は通らない。各種行事をはじめ、母親がやるべきことがあれこれ多い。

まず急ぐものとして、絵本袋を作るよう命じられた。裁縫は得意なほうだったから、やってみようと布を買ってきた。ミシンを実家から持ってきていなかったので、手縫いでなんとかしようと、思いつくかぎりの道具を買い込んだ。

さて始めようとして、すぐに壁にぶち当たった。指定された大きさに布を裁つため、メジャーで長さを測ろうと思ったら、これができない。

布の端にメジャーを合わせて必要な距離を測り、印をつける。このとき、起点となるところからメジャーがずれると、さっきつけたはずの印がどこにあったか見つけられなくなる。この繰り返しで、何時間も過ぎていく。

私は疲れてしまった。脳出血、脳梗塞《のうこうそく》から三ヵ月目である。体力もまだまだ戻っていなかった。そのうち、私はあきらめた。できない。がんばって一ヵ所長さを測れたとしても、次の作業をするのに何時間かかるかわからない。

私は幼稚園に行って園長先生に事情を話した。園長先生は話を聞いてくださり、恐縮にもうちの息子のために、翌日、絵本袋を作ってくださった。

私は情けないと思ったので、それから少しして、再びトライした。

「この大きさの布が何枚必要で」と、一応の計画は頭の中で作れた気がしていた。しかしそれは一瞬で消えるシャボン玉のような思考だ。まずこの布を半分に切る、という行為ができるだろうか。そのうち「裁つ」のは危険だ、と思いはじめた。まっすぐにハサミを使う自信がない。

それでは折ってしまおう。一枚の布を裁って二枚にすることができないなら、折ればいいのだ。

幼稚園の指定では、「袋の内側は二枚合わせにするように」とのことだったが、もう内側も外側もない。私は一枚の布を二つ折りにして、まず細長いパーツを作った。縁はとにかく内側に折り込んで縫い、両端に持ち手を無理やりつけて、ただその全体を二つ折りにすることで袋の底の部分を形成し、脇をまっすぐ縫って閉じると、それなりに手さげ袋らしくなった。

他人は案外、ひとの持ち物をしげしげと見たりしないものだ。息子もこれを年長の終わりまで使っていた。

私のものの構造に関する認識はかなり悪い。この袋を作ったのは、発症から半年も経っていないときだから、ある意味では奇跡的である。手さげ袋の構造を頭の中で想像し、計画を立て、作ることができた。ここを縫えばこうなるはずだから、とすべて自分の思考を基本に、理論的に組み立てていったのである。

ただしこれが、与えられたキットを、図を参照しながら組み立てる、という作業となると話は別。

まず図を立体構造に焼きなおして、頭の中に映し出すことが難しい。こっちが出っぱり、こっちが引っ込み、図ではこの線があっち向きで、などと考えているとお手上げである。間違えて組み立てる、までも至らない。図の段階でまったく理解できない。

いやそれでも、とがんばって、パーツから推測してやりはじめることがある。たとえば、このナットはこの板に合うから、きっとこんなふうに違いない、と。それがうまくいくかどうかは、ご想像のとおりである。

私が整形外科の手術場に二度と戻れないと思っているのは、こうした理由もある。人体相手に、パーツの入れ場所も入れる方向も、間違えるわけにはいかない。

そのほか、幼稚園では牛乳パックで作るコマなどの洗礼も受け、そのつどまわりの方々にお世話になった。ありがたいことである。

息子と競争

術後二年半を過ぎたころから、脳外科の定期検診を受けても、「とくに生活上、支障はありませんね」と言われるようになった。

「いえ、支障、あるんですけどね」と感じてはいたが、脳外科的にはこれ以上どうしようもないだろうから、素直に「そうですね」と言っていた。

思えば、仕事を投げ出して過ごした二年半の主婦生活は、幼稚園児の息子との競争の日々だった。あっちはいろいろなことを習得して、次々と真っ白な脳に焼きつけていく。こっちはなくしたものを一生懸命思い出し、脳の片隅から引っぱり出してきて、もう一度スラスラ使えるように脳の空き地に植えつけなおす作業。どちらが速いか、駆《か》けくらべだ。

手をつないで街に出て、バスに乗って、あるいは歩いて、初めて住む町を探検した。彼がバスの乗り場や路線の名前をばりばり覚えていく速さについていけない。私のほうはやられっぱなしである。

しかし、彼の記憶には限界がある。過信もあるので、覚えているものと思い込んで、とんでもない失敗をする。はたとわからなくなったとき、単純な記憶の周辺に、それを補助する経験の蓄積がない。だから、彼の判断力はストップする。

そこで、さっきまで「亀」と見えていた「おばさん」が、がぜん有利になる。私はやたらと人に聞く。自分が覚えてなくたって、誰かが覚えていることを教えてもらえばいい。彼は恥ずかしくてそれができない。

私たち親子は、お互い不充分な人間同士、それなりに楽しく、うまくやっていた。

ペーパードライバーズコース

ある日、一念発起《いちねんほっき》して自動車の運転に挑戦することにした。手術以来だから、二年半ぶりである。もちろん、教習所内を走る「ペーパードライバーズコース」だ。いったい何が起きるか、自分でもまったく予想がつかない。とにかく、誰かに見てもらいながら車を動かしてみよう、と考えたのだ。

発症前、私には五年ほどの運転歴があり、ほとんど毎日運転し、無事故無違反。ゴールドカードの持ち主だった。運転は得意と、自信を持ってもいた。急性期の主治医が「すぐにでも乗れるよ」と言っていたのも思い出していた。今考えれば、まったくいい加減な励ましだ。

私も楽観的なほうなので、どこかで、まあまあ大丈夫だろうと思ってはいた。しかし教習所で運転席に座り、いざ車を動かしてみて、ひそかに愕然《がくぜん》とした。あまり怖がって、教官に悟られるのもいやなので、平静を装ってはいたが。

まず、直線コースに入る。そこですでに、指導員は妙だと気づいたようだ。

「あの、どこを走ろうと思っていますか？」

指導員用のブレーキを踏んでいる。

「え？」

「今ね、車が車線をまたいでいるでしょう？」

「は？」

「本線はね、左ですよ。左端！」

あ、そうか、と左へ寄る。

「寄りすぎ、寄りすぎ！　自転車の人、死にます」

私は左へ寄ろうと、左側をのぞき込んでいた。だが目視したところで、運転席から見た左側の空間なんて、しょせんわかるはずもないのだ。私の目に見える距離感なんてあてになるものか。しかし教官には理解できないだろうから、悩んだ結果、やんわりとそれを伝える言葉を選んだ。

「障害のせいで、ものの形とか、距離とかが、スッと理解できないんです」

一瞬の沈黙ののち、「ま、とりあえずやってみましょう」ということになり、まったくの初心者になったつもりで、ゆっくりと車を走らせた。

「次のカーブで、道なりに右に曲がってください」

道なり、というのが曲者《くせもの》だった。普通の車線は、走行するコースが点線で仕切られている。こんなもので悩む人はいないだろうが、私は、全部が実線で仕切られていてほしかった。ずっとつながった線なら、どこを走ればいいか一目瞭然《りょうぜん》である。ところが、線が途切《とぎ》れていると、ひとつのペンキのブロックが、次のブロックとつながって線を成しているという意味がわからなかった。カーブでこんなラインがあったら、もうお手上げだ。

道なりに曲がったとたん、車線変更していた。白ペンキの途切れた部分が、これから進入すべきところに見え、そこに突っ込んだのだ。

「今、違う車線に移ったの、わかりましたか？」

「はあ」

このあたりで指導員は、なんとなく私の状況がわかったらしい。「道なり」に、ただコースの外周をぐるぐると何周も回った。

「そろそろ、いろいろ走ってみますか」ということで、くねくね道、クランクに挑戦した。

当然のろのろではあったが、驚くべきことに、さっきまでのていたらくはどこへやら、私のハンドルさばきは思ったより的確であった。

初めに一回脱輪しただけで、あとは何周しても、脱輪なしで切り抜けた。

「テクニック的には問題ないですね。初心者だと、ああなりますから」と前を行く車を示され、なるほどありゃヘタクソだ、と偉そうに納得する。

たまたま車の座席が少し低くて、前がのぞき込みにくかったこともあって、細い箇所や曲がったところを走るとき、私は感覚的なもので運転していた。見えない左側のタイヤが通る道筋などを想像しながら、もうちょっとふくらんだほうが曲がりやすい、などと思い出していた。体は、覚えていたのである。

注意力の配分ができない

難関をクリアして、普通のコースに戻った。ホッとしたのもつかの間、なんと普通のコースでは脱輪するのである。指導員はなかば笑っている。

じつは、脱輪の呼び水として、指導員が私の車の走る位置について何か言ったとき、おかしなことは起きる。

「車線の真ん中、走ってないですよ」と言われると、不思議と気にしたほうへと寄っていくのだ。そして、指摘される。

「右に寄りすぎると、対向車とぶつかって死にますよ」

左が見えないからと、右の路肩を基準にして走ろうとしたのがあさはかだった。右ばかり見ていると右に寄るんだわ、と気づく。そして、動揺しつつ微調整しようと左に寄る。

「ああ、乗り上げました」

今度は一車線の道路の左の路肩に乗り上げた。

ほかにも、日本の道路が左側通行であることもときどき頭からふっと消え、愕然とする。もちろん理屈ではわかっている。前の車についていくときはいい。しかし信号で一番前に停まっていて、スタートとともに右折するようなとき、曲がったとたん、私の目に映るのは、二本並んだ車線だけである。頭の中にはほかになんの情報もない。

この二本、どちらを行くのか。この時点で、左側通行であるという常識が消えていることに気づく。

加えて、曲がるという行為で注意を奪われるためか、曲がる前に目に映っていた車線との位置関係が、いったんぐちゃぐちゃになってしまう。方向を変えたところで新たな絵が目の前に現れたとき、左車線がどっちだったのか、もうわからないのである。

数秒経って、二本の車線と自分との位置関係が理解でき、「左側通行だよ」と言い聞かせ、「そこをまっすぐ行くのだ」という決定が下って、私は走りだす。

何かをしようとするとき、まず人間は注意力を立ち上げる。それは、あまり意識せずに行われることもあるが、ときには気合いを入れるとか、あえてがんばって集中する、というようなことをやる。

大きなプレッシャーの中で何かをしたことのある人なら知っているように、注意を集中することが目的の遂行に必ず結びつくかというと、そうとはかぎらない。全神経がひとつのものに注がれるとき、あらゆることに気を配るという別種の注意をおこたることになる。

このコントロールは、前頭葉が行っているという。普通、人間の注意力というのは総量が決まっていて、正常な脳ではその限られた量の注意力を、外界の対象の重要性に応じて適切に、しかも無意識に配分しているそうである。

私の異常は頭頂葉《とうちょうよう》だとはいえ、傷ついた脳には、この注意力の配分がうまくできない。だからおかしな運転になる。

一時間乗ってみて、これはひどい、と認識した。終わったとたんに、連続でもう一時間乗れませんかと交渉した。運よく、あいた指導員と車があった。

次の一時間では、格段に道路が見やすくなった。

カーブの点線が、ただのペンキのブロックでなく、ある方向を指し示しているラインとして見えてきた。つまりさっきは、点線の白い部分ではなく途切れた部分に目がいっていたので、それがどこかに入っていく門のように見えたのだ。

左右確認とか、標識の確認などは問題なかった。注意しなくては、という習慣がよみがえったし、交通法規は理屈として頭に残っていた。

二時間乗って、ひどく疲れた。肩は凝《こ》ったし、低血糖にも陥った。しかし、私には実りある時間だった。自分の問題点が浮き彫りになった。なんといっても、押さえておくポイントがわかったので、実際に路上で乗ってみようかな、という気にさえなったほどである。

もちろん、無意識のうちに状況判断ができるようになるまで、教習所に通うという前提つきである。ただこれは、繰り返し練習とか慣れとかで、ある程度「再習得」できる能力だと感じた。時間はかかるだろうが、もとのように運転できないことはないという実感を得た。どれくらいかかるかは皆目《かいもく》見当がつかないが、とにかく練習しようという方向性がついたことは、進歩だった。

もう一度医師として

あるとき、高次脳機能障害について書いた本の執筆グループの一人が愛媛《えひめ》県松山市で講演すると、私の姉が知らせてきた。姉は同じ愛媛県の今治《いまばり》市に住んでいて、高齢者のリハビリテーション施設を運営している。姉の夫、つまり私の義兄はなんの因果か、脳外科医である。

講演には姉と義兄も付き添ってくれるという。せっかくの機会なので行くことにした。瀬戸大橋ができて、今では岡山と松山は特急列車で乗り換えなしでつながっている。

講演後、姉は私を、その会の世話人をされている先生に紹介してくれた。首藤貴《すどうたかし》先生といい、愛媛大学の整形外科の助教授をされたあと、現在は伊予《いよ》市で老人のリハビリ中心の病院の院長をされている。

子どものころにポリオに感染して立てなくなっていたところを、私の父が手術をして立てるようになり、自らも整形外科医になられたという浅からぬご縁のある方である。

以前、私が地方の学会で学術発表をした際、偶然にも首藤先生がセッションの座長だったこともあり、すでに面識はあった。十年あまり経っての再会である。

「お久しぶりです。二年前に脳梗塞《のうこうそく》しました」

考えてみれば、妙な挨拶《あいさつ》をしてしまった。

高次脳機能障害に興味があると言うと「それなら一度、病院を見にくるといいですよ」と誘ってくださった。姉も「このまま余生《よせい》なんて言って暮らすより、やりたいことがあるなら勉強してみれば」と勧めてくれたので、さっそく見学させていただいた。

病院は小高い丘の上に建っていた。明るく清潔な雰囲気で、気持ちのよい印象だった。患者さんたちも生き生きしている。ここで働いてみたいと心が揺れた。だが、たとえ月に数回の勤務とはいえ、通勤に往復半日もかかってはやっていけない。あきらめるしかないだろうか……。

初めて脳出血をした二十四歳のとき、母校の病院の天井を見つめつつ、「私はどうしてこんな病気になったんでしょう？　生きていても用がないのですか？　もし生きている価値がないのなら、明日はもう目覚めさせないでください」と、神様だかなんだかわからないが、手を合わせて祈ったことがある。だが、翌日は何事もなく目覚め、まだやることがあるのかなと思い、少し元気が出たものだ。

そして、ここにやることがある。しかも私はひとつの状況に安住できない性格だった。私の人生このままで終わるのかと思うと、いてもたってもいられない。何がなんでも働きたくなってきた。通勤の問題は、引っ越しすればすむ。

「ここで雇ってもらえれば医者として復帰できるし、念願の高次脳機能障害とリハビリの勉強もできる。うまくすれば、リハビリ認定医の資格も取れる。なんといっても、私は障害の真《ま》っ只中《ただなか》にいる患者。身をもって体験した医師などそういないはずだから、きっとこの分野に切り込んでいける！」

自らの障害を武器にしようとは、われながら図太い。どんな窮地《きゅうち》に陥っても、私はただでは起きない。意地でもただで起きてなるものか、とファイトが湧《わ》く性分である。

ちなみに、リハビリ認定医の資格を得るためには、日本リハビリテーション医学会が認定した医療機関で二年間の臨床を積み、学会の試験に合格することが必要である。この伊予病院は、まさしくそうした病院のひとつだった。

ありがたいことに、首藤先生はさっそく働ける環境を整えてくださり、話はトントン拍子にまとまった。すぐさま荷物をまとめ、息子と二人、今治市の姉の近所に引っ越した。私が仕事をしているあいだ、幼稚園から帰った息子の面倒を姉が見てくれるという段取りである。足元は固まった。

白衣がまぶしい

術後二年半で、私はついに職場復帰を果たした。病院では高次脳機能障害を勉強しにきた医師と紹介され、院内の高次脳機能障害の患者さんを自由に診《み》てまわれる恵まれた環境を与えられた。

といっても、まずはただの駆け出し、見習い。久しぶりに着る白衣がまぶしかった。

一日のほとんどを自宅で過ごしていた私は、片道一時間半の通勤と丸一日の勤務がどれくらいの運動量なのか、まったく見当がつかなかった。厳然として存在する障害が、どこまで私のじゃまをするのかも計り知れない。

まず、通勤の際に失敗はないだろうか。さっきまで手に持っていた切符は……あれ、どこへ入れた？　ない、ない、ない……やっぱりこの調子だ。

　こういう記憶は、いわばそのへんにひょいと引っかけておくような種類のものだ。何かメインの行動をしながら、同時にほかのことをするときの短期的記憶、「ワーキングメモリー」とでも言おうか。これがいかれているから、すぐにものを忘れる。

　ワーキングメモリーにかぎらず、ふと思ったり、チラッと見ただけのもの、つまりいい加減に知覚入力したものに関する私の記憶は、目の前でどんどん消えていく。消えていく速さは砂時計くらいだろうか。ひょいと引っかけた記憶の正面に立って直視しているのに、それがスーッと消えていくのをどうすることもできない。「ほら、この記憶、今に消えるぞ」と思っている目の前で消えるのである。

　これを防ぐには、何度も頭の中で行動を反復したり、言葉で発音したりといろいろ練ってみて、長期の記憶に育てていくことだ。「練る作業」を省いては、社会生活はうまくいかない。

　しかし、記憶を練るにはある程度の時間が必要で、それが無理なときはやはりメモするしかない。新たなる問題は、そのメモのありかを忘れるということだが、これは「必ず全部同じところに入れる」という方法で失敗が減らせる。

　どのみち、きちんと仕分けして収納場所を決めたところで、そのこと自体を忘れるし、いくつか入れ場所があったとしても、パッと見てここにこれが入っているだろうという予測などできないのだから。

それなら、初めから全部同じ場所に入れるほうがいい。あちこちやみくもに探すよりも、一ヵ所からひとつひとつものを確認していくほうが効率がよいし、安心である。

そんなわけで、私のバッグはすべてがゴチャゴチャに入っている。そこさえ探せば絶対にある、という確信が大切だ。切符も決まったポケット以外入れないということで、今のところなくしていない。

言葉を発する力

この職場で教えてもらったことで、自分なりにあれこれ考えていることがある。私のように頭頂葉の異常で、空間認識やものの位置関係がわかりにくくなっている人が道に迷わないためには、考えを言語化するといいそうだ。

「あそこで右に曲がったんだから、左に行けば、目的地に着けるはずだ」というように。

その理由は、目で充分に認知しきれない情報を、耳から入力することによって補えるからだと考えられているらしい。

それも確かにあるだろう。だが私の感覚では、それはいくつかの代償作用の一部分にしかすぎない気がする。言語化する、ぶつぶつ言ってみるということが、霧のかかった頭の整理に有効だというのは正しいと思う。だが道に迷わなくなる本当の理由は、耳から情報を入力する効果だけだろうか。

私個人の考えでは、言語化すると、その声に出したという行動と言葉がいっしょになって記憶に残るからではないかと思う。これは何人かの神経心理学者とも話したが、同じ意見だった。音を聞いた時に、その声が耳の底に残るというようなことはまずない。たとえば自分で自分に語りかける言葉は所詮《しょせん》、短いつぶやきなので、聴覚に焼き付いて、後で頭の中で再生できるというような立派な音ではない。

一方、こんなことを説明的に語ったという行動の記憶があると、あの時にはこんな話をしたという、その話の内容がストーリーとして自分に残り、ふわふわと何となく思っていたこととの記憶より、ずっと練られた記憶として記憶に残りやすくなる。それも若干、長期記憶に近い、しっかりとした記憶である。そうなると、比較的ゆっくり、安心して自分の行動を分析できる。だから頭も整理されやすいし、深く考えることもできる。

私には、自分で言っていることを耳を澄まして聞いているという実感がない。どちらかというと、声はそのままどこかへ消えてしまう気がする。むしろ「言葉として声に出した」こと、口から出力した行動の記憶のほうが、強く作用しているのではないだろうか。

考えれば考えるほど、言葉を発するという作業がいかに複雑で、脳のいろいろな機能が絡みあっているものかと思う。「あ、そうだ。あれをやらなくっちゃ」と思いだす。「もう時間がないから早く取りかからないと」と促す。「そうだそうだ、やっておかなくちゃ」と賛同する。「なかなか難しい、でもやれるやれる、頑張ってみよう！」と自分を励ます。「ちょっとまずかったけど、そんなに問題はない」と自分を慰める。「ようし、よくできた。頑張った頑張った」と自分をほめる。自分を信じて、今度も必ず出来ると、さらに前に進む。

人間が日常的に心の中で繰り返す言葉たちがあるから、人間は前に向かって進める。明けない夜はないとがまんができる。けっして他人から与えられた言葉でなくてよい。自分の中に根付いた言語によって人間は生きていける。

人類が言語を持ったことが、人間の脳の進化を進めた要因であると、実感としてわかる。脳の総合力をいかんなく発揮するために、言語は重要なのだ。

そこで、一児の母は思い込む。真規にはたくさんの言語を浴びせよう。字であれ、声であれ、彼のまわりに言葉をあふれさせよう。そうすればきっと賢い子になるだろう、と。

しかし騒がしい母は、息子にしてみればいい迷惑である。短絡的な母で申し訳ない。こう反省する理性も、機能を失っていない前頭葉がときどき差し出して、全体としての私を制御してくれているに違いない。

患者さんとご家族に伝えたかったこと

私の毎日の仕事は、高次脳機能障害の患者さんと話し合うことだった。脳卒中や脳外傷のために高次脳機能障害を起こすといっても、損傷を受けた脳の部位によって、その症状はさまざまである。十人いれば十人とも違う。当然、それぞれの障害の種類に応じて個別にリハビリのプログラムが組まれるべきで、個別のコミュニケーションが不可欠だと私は考えた。ド素人だったが、何かひどくそう思い込んで患者さんを一人ひとり回って話し合った。ご家族にもこの障害を理解してもらい、患者さんを支えてもらいたかった。

病室を回ってみると予想通り、そこには、以前とはすっかり変わってしまった患者さんをどう扱っていいものかと悩むご家族の姿があった。とりあえず叱責《しっせき》したり、必要以上に失望しているケースが多い。私はまずそのご家族に、

「高次脳機能障害になると脳の働きが重石《おもし》を載せられたように重くなって、怒られたって叱られたってできるものじゃないんです。でも怒られてつらいってことはよくわかる

んですよ」

と説明した。

高次脳機能障害の場合、認知症と明らかに違うのは、「自分が誰だかを知っている」という点だ。客観的に自分を見つめることができるのだ。それに加えて、自分の行動にもかなりの自覚がある。

仮に理にかなわない行動をとったとしても、指摘されれば理解できるし、直すこともできるはずである。丁寧に説明すれば納得するし、反省もする。その手間を省いていきなり怒鳴るのでは、患者はただ呆気《あっけ》にとられるだけである。しかも自己意識があるだけに悲しくもなる。その結果、回復への意欲も減退する。いいことは何もないのだ。だから周囲の人は特に気をつけてもらいたかった。

患者の身近な人であればあるほどつい怒ってしまいがちだが、患者の見た目が健常時と変わらないと思えるほど回復しても、脳卒中から二年程度は、何十パーセントか頭の回転が遅くなっていることを充分に理解してもらう必要がある。

回復していくと周囲も「もっともっと」と期待感が募るのか、普通の人でも嫌になるような「あら探し」を始める。これも患者のやる気を喪失させるので控えてもらいたい。

また高次脳機能障害は、日一日と劇的によくなっていくものではなく、回復には時間がかかるということも説明した。

「ひと月、ふた月と少し長いスパンで見ると、先月より今月はよくなっているというように変わっていくので、早い時点から落胆することはありませんよ」

と自分をサンプルにして、とにかく話して回った。患者さんにも、

「来年の今ごろのあなたは全然違う人ですよ」

と自分が経験した回復の過程を話して励ました。

この障害の人を動けなくしている大きな要素の一つが、心の問題だと自分の経験から思ったことも大きい。心理的な部分でへこんでしまって、どうにも腰が上がらないということも多いのに、「遂行障害」などと診断されて、社会人としては再起不能のように扱われ、ますますへこんでしまうという悪循環に陥るケースがあまりにも多いように思う。

そうなってはならないと、患者さんとのコミュニケーションを大切にした。こんなによくなっている人間も実際にいるんだというところも見てもらいたかった。患者慰問医師とでもいおうか、仕事としては単純なものだったかもしれないが、私は患者さんの回復を心から願って話をした。と同時に、仕事をし、普通の暮らしをすること自体が私にとってのリハビリだった。

脳は大食漢

朝、病院に着いてしばらく仕事をしていると、午前十一時半を過ぎるころからだろうか、次第に低血糖状態が進んでくる。つまり血糖値が下がってパワーがなくなり、ぐったりしてくるのだ。パワーダウンのレベルは、行う仕事の種類によって明らかに差がある。人との会話ではそんなに問題はない。文章を書いたりするのも比較的よい。

急激に低血糖状態を誘発するのは、決められた用紙に適切に何かを書き込んでいく作業である。診断書のように、所定の欄や枠に間違いなくコメントを書いていく作業がもっともエネルギーを消耗する。

前にも書いたように、この囲みが何で、こっちの囲みが何、というものの形の意味が私にはサッと理解できない。こういった作業を続けていると、あくびが出て仕方がない。脳細胞が酸欠になるのだ。昼近くになると燃料不足も加わって、眠気も強くなりはじめる。水分摂取が充分でないとき、それはいっそうひどくなる。

働きはじめてしばらくは、毎日がそんな感じだった。低血糖を放っておくと、おそらく脳の細胞自体によくないだろうと考え、ときどき飴《あめ》などのお菓子を補食するようにした。

だがこのパワーダウンも、日に日に改善されていくのがわかった。補食の量も少なくてすむようになった。内科的な部分で順応が起こっているのかもしれないが、脳の中の問題である気もする。脳という臓器は、たくさんのエネルギーを消費する「大食漢《たいしょくかん》」だ。活動が複雑であればそれだけ、エネルギーを消費する。

仕事を始めた当初は要領を得ず、むだな動きが多かった。外から見える行動もだが、脳内の思考に関してもそうだったろう。なんらかの答えを出そうとするとき、最初は「もうひとりの私」が頭の中からやっとのことで捜し出していたものが、次からは、前に答えを出したときの記憶という新しい手がかりを得て、その過程が省かれるようになる。思考が近道をするようになる。よけいなことを考えずとも、答えに直進できる。それがエネルギーを節約するのではないだろうか。

以前はこれほどまでに、血糖値の上がり下がりを感じたことはなかった。だが仕事に復帰してからは、「何回か採血して記録しておけば、そのうち自覚症状からそのときの血糖値を言い当てられるようになるのではないか」とさえ真剣に思ったほどである。そんな芸を持っていても、なんの得にもならないけれど。

こういった「燃料切れ感」は、脳外傷や脳卒中の患者に強く、回復期には誰もがそういう過程を経るようだ。脳挫傷《のうざしょう》の重傷を負ったビートたけしさんも、その著書の中で「受傷後に飴やケーキが食べたくなった」と述べている。

回復期の脳損傷の患者は、空腹感・低血糖感にさいなまれる。普通、血糖が多少上下しても、人間の体にはカロリーを蓄える仕組みがしっかりあるので、同じ仕事量の健常者が感じる空腹感以上の苦痛があるとは、医者は誰も思っていない。これはピアカウンセリングを行っているリハビリテーション医から言われたことなのだが、その人自身、患者の空腹感が特別なものとは思っていなかったらしい。最近、比較的若い男性の患者から、適正に計算された病院食では空腹感がとにかく苦しいという直訴を受け、食事量について調べようとしたところ、まったく文献が無かったのだという。

外からは見えないが、ひどい空腹感というのは、患者が実際に感じていることである。リハビリで頭を使う時にひどくなる空腹感のつらさは、リハビリに向き合う患者のモチベーション低下にもつながりかねないのだ。いつも何か食べていてみっともないとか、家族は結構、患者を叱ったりするのだが、この空腹感については、知っておいてほしい事実だ。

何かの行為を行う時、それが小さなことであっても、脳は、高次脳機能障害で抜け落ちて機能低下してしまった部分を補うべく代償機能も持ち出して、総力を尽くして、ありったけの機能を使って遂行するので、健常者が同じ仕事をするの何倍ものエネルギーを必要とするのだ。しかも、脳が活動するために使う燃料は糖分しかないので、皮下脂肪がたっぷりあっても、すぐにそれをエネルギー源にはできないので、やはり炭水化物の摂取量を増やすことでしか、その種の苦痛は除去できないのである。

脳の働きに必要な燃料は、糖分のみであることはよく知られている。糖分はまさしく即戦力。飴玉ひとつでサッと低血糖症状を緩和してくれるが、その代わり長続きはしない。飴などを口に入れる程度ではこの苦痛は焼け石に水で、ポケットに飴玉を忍ばせてこっそりリハビリの合間に口に放り込む程度では追いつかない。

リハ室でむしゃむしゃ間食もできないだろうから、たとえばリハビリの時間を食後にする、等々の工夫も必要だろう。患者の課題遂行能力を格段にアップするためにも、空腹感への配慮は重要だ。

どんな脳でも学習する

こうして私は、とにもかくにも外の世界へ出ていった。

自動車教習所に通い、もう一度医師として仕事を得ることができた。だが外へ出てみると、今まで目立たなかった欠落した部分が、あらためて見えてくる。

伊予病院でも、最初は同じところを何度も行ったり来たりした。道に迷っているわけではない。こまごましたたくさんの用事をいっぺんに頭にとどめておけないために、あっちへ行ってはひとつ忘れ、こっちへ行っては思い出し、という具合なのである。リハビリ病院ならではのゆっくりしたエレベーターで繰り返し往復していると、やたらと時間がかかって仕事にならない。私は何をしているんだろう、といやになる。

　しかし、わかったことがある。

　どんな脳でも必ず何かを学習する、ということだ。

ただし、それには前提として、やろうという意思の力が必要である。それがある人は、必ずよくなる。

　健常者でも、顔はわかっているのに人の名前が出てこないことなど、しょっちゅうある。こういうことは、そのまま放っておいてもたいした問題にならない内容なので、ついわからないままにしておくことが多い。

だが、「忘れっぽくなっちゃったわ」と老化のせいにしたりせず、思い出そうともがくべきだ。そのつど、思い出そうともがく習慣をつけておくと、思い出すことが上手になるような気がする。記憶を引っぱり出すことの糸口が、聴覚だったり、視覚だったりと人それぞれだろうが、思い出すために脳の中の記憶の部屋をかき回して探すのだから、脳が一生懸命働くことは、想像に難くないだろう。

　先日、私もロバート・デ・ニーロの名が出てこず、何時間か悶々《もんもん》とした。でも、考えているうちに彼の主演映画の題名とか、どういうエピソードがあったかなど、周辺の記憶が次々と再生されて、とうとう目的の名前にたどり着いた。脳は使うものだ。

尊敬してやまない山鳥先生は、著書の中で「意思の発現、未来への展望、未来に向けての行動の選択をつかさどる中枢は、前頭前野《ぜんとうぜんや》の仕事である」とおっしゃっている。子どものころから気に入らなかった、あまりにも立派すぎるおでこが、今になって私を助けてくれているのだろうか。

困難な状況は、少しずつ和らぐかに見えた。「未来への展望」は、このときは確かに開けていた気がする。だがこの生活も、長くは続かなかった。

第4章

あわや植物人間

再び脳出血、初めての麻痺

二〇〇一年一月四日。前回の脳出血から、そろそろ三年が経とうとしていた。

新年の初仕事から帰って入浴後、私はコンピュータを前にしてキーボードを打っていた。

「なんか今日はミスタッチが多いな」と思ったら、左の小指がAのキーをちゃんと叩《たた》けていない。

左手が動かない⁉

「こりゃ、またやってしまった」と、ある種のいやな確信を持った。

「お姉ちゃんに電話しなくちゃ」と立ち上がろうとしたが、すでに左足に力は入らなくなっていて転んだ。それでもなんとか電話をかけ、状況を伝えようと思ったら、今度は呂律《ろれつ》が回らない。

私はふと、この電話を切って救急車だなと思ったが、姉が「そこでじっとして待ってなさい」と言う。どちらにしてもまずは玄関の鍵《かぎ》を開けなければと、玄関まで行こうとしたが、そのときはもうまったく動けず、床に転がるしかなかった。

姉はすぐにやってきて、合い鍵をがちゃがちゃやっている。なかなか開かないようで、ドアの外で「真規、真規！」と何度も息子の名を叫んでいる。息子はもぞもぞ起きてきて、眠たい目をこすりながらなんとか鍵を開け、私は外に運び出された。

万が一、エレベーターが故障したら救命できないと思ったのか、義兄は私をおぶったまま三階から一階まで階段を使って下りた。いつも脳外科医として忙しく働き、疲れている義兄なのに、なんという面倒をかけたことか。やはり救急車を呼ぶべきだった……。このことは、のちに思い出すたび心苦しい。

徒歩でも十分ほどの義兄の医院に自家用車で運ばれた。すでに私の意識はなく、痛み刺激を与えると払いのけようとするのみであったという。意識障害が高度な場合は百パーセント、中等度だと三十四パーセント、軽度のものは二十七パーセントが三ヵ月以内に死亡すると言われている。このときの私は、痛み刺激を与えつつ呼びかけを繰り返すと、かろうじて開眼する半昏睡《こんすい》状態、つまり中等度の意識障害だったらしい。

レントゲン、ＣＴスキャンで撮影すると頭部に出血塊が見つかったため、即刻手術が行われた。ＣＴ画像上での出血塊の大きさは、少なくとも直径六センチ。一般に六センチ以上を巨大血腫《けっしゅ》と分類し、多くは植物人間として一生寝たきりで過ごすらしい。八センチを超えていれば、もう手術は行わない。というか、行えない。そのような巨大な血の塊が、たとえば脳幹部のような生命維持に直結するところにあれば、即死ということもある。即死とは、何も高速でトラックにひかれた人だけに起こるものではないのだ。

前回の手術は、頭蓋骨《とうがいこつ》に小さな穴を開ける程度ですんだのだが、今回はそうはいかなかった。電気ノコギリで頭蓋骨を切り、パカッと取りはずす。

いざ開頭してみると、出てきた血の塊は直径が八センチ。義兄はこの時点で、これはもしかするとダメか、助かっても一生植物人間かもしれないと本気で思ったという。除去した血の塊は、百五十グラムもあったらしい。

死にたい

だが、私の意識は回復した。昏睡状態が延々と続いたわけでもなく、ICU（集中治療室）で「酸素マスクがうっとうしいなあ」と思いながら、半日かそこらでいつものように目が覚めた。師長さんが電話で義兄に、「頭に手をやって、目が離せません」と言

CT画像に映し出された巨大血腫

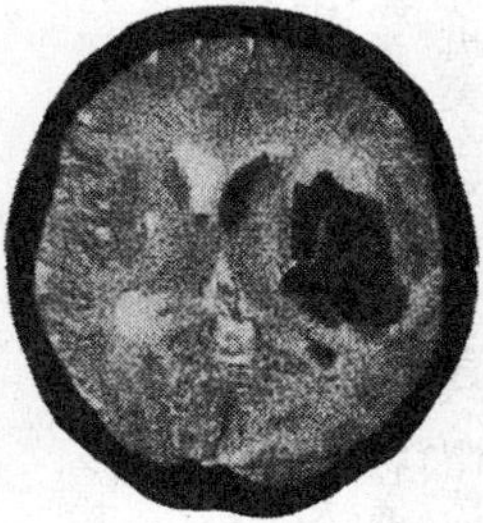

2001年1月5日、脳出血発症当日。術前のCT上では、右大脳基底核部に、直径6センチメートルほどの大きな脳内血腫が認められた。手術で除去した血の塊は直径8センチメートル、150グラムもあった。

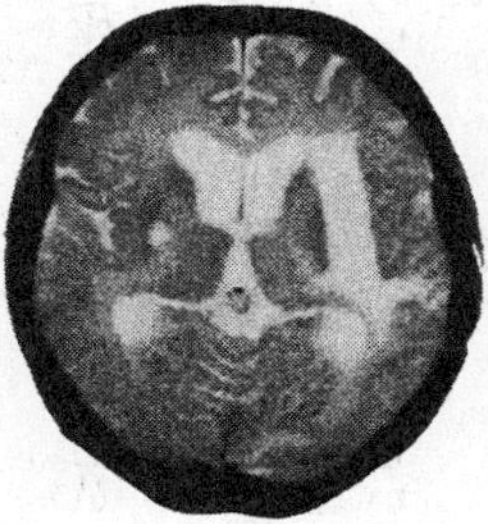

2001年2月23日の頭部CT。術後の血腫腔が認められる。空隙部分の脳機能は失われ、頭頂葉など他の部分にも血管障害を併発したため、さまざまな機能に障害が起きた。

資料提供／片木脳神経外科

っているのが聞こえた。頭が痛いわけでもなく、気持ち悪いわけでもなく、ただただしんどかった。

数日後にはリハビリを開始した。ベッドの上に座ったり、手足の関節がかたくならないように動かしたりする。

しかし今回の出血は、これまでとはわけが違った。さいわい脳梗塞《のうこうそく》は合併しなかったものの、私の左半身は自分の意思でまったく動かなくなっていたのだ。思えば、これまでの脳卒中《のうそっちゅう》で麻痺《まひ》が出なかったのが不思議なくらいだったのかもしれない。

動かないという事実を知ったとき、愕然《がくぜん》とした。

「これでも、まあちゃんを抱っこすることもできない」

おまけにのどや口にも麻痺症状が見られ、食べ物を正しく飲み込むことができなくなった。

「球麻痺症候群《きゅうまひしょうこうぐん》」といって、舌咽《ぜついん》・迷走《めいそう》・舌下《ぜっか》の両側にある脳神経が麻痺したのだ。

通常この部分の神経は、口に食物が入ってくると咀嚼《そしゃく》を起こし、同時に唾液《だえき》を分泌する。そのうち咽頭《いんとう》の反射で食物は飲み下され、食道へ送られる。食物が咽頭までくると同時に、咽頭では蓋《ふた》が閉じられ、誤って気道に食物が入るのをふせぐ。

球麻痺ではこの一連の動きが麻痺するので、むせることが多くなった。これを放っておいて気道にたくさんの食物が入ると窒息する。また、食物が口の中というけっして清潔とはいえない、むしろバイ菌だらけのところを経由して本来無菌状態であるべき気管に入るので、肺炎を引き起こしかねない。実際、肺炎で命を落とす脳卒中患者は少なくない。

かといって外部からの栄養なしには生命は維持できないので、私は高カロリーの点滴で栄養摂取を行いつつ、ものを飲み下す練習をした。が、効果はなかなか上がらなかった。むせにむせたし、食欲もなかった。

のどの麻痺で、声も出にくくなった。麻痺のせいで、声帯を開閉している筋肉もコントロールしにくく、声の高低が思うようにならない。歌好きの私が、ものすごい音痴《おんち》になった。口や舌を動かす筋肉も麻痺しているためにうまく声が出ず、意思を言葉にするのがまどろっこしい。夫や母親からも「はっきりしゃべりなさい。わからない」と叱責《しっせき》されたが、自分でどうにかなるものではない。

私は思いきりへこんだ。わが子を抱くこともできない無力な母親。息子が不憫《ふびん》だ。これじゃ生きていてもしょうがない。

リハビリスタッフに助けてもらいながら、私は東京女子医大の同級生たちに、泣き言いっぱいのメールを送りつけた。電話でも、抑揚《よくよう》のない声で「死にたい」と涙を流した。

医師として活躍する彼女たちは、多忙にもかかわらず、全国からすっとんできてくれた。

「もうすぐ、まあちゃん、小学校に入るよね。それまでがんばって生きてみようよ」

そう励ましてくれた。

うれしかった。

心のどこかで、第一線で活躍する彼女たちとはもう同じ土俵《どひょう》に立てないのか、私にはもう商品価値がないのだ、と情けなく思う気持ちはあったが、やっぱりうれしかった。

その後も、ともすれば気分が落ちこんで、私はすぐに低空飛行する。

「次の同窓会に出られるようにがんばろうよ」

そんなときには、すかさずこんなメールをくれて、目標や希望の光を与えながら励ましてくれた。持つべきものは友だちだ。

私のことを忘れないでいてくれて、ありがとう。

オムレツの日々

桜の便りが聞かれるころ、姉夫婦が病院の二階に自分たちの住居につなげて２ＬＤＫの部屋をしつらえてくれ、息子と私はそこへ移った。食事は病院給食をいただき、ヘルパーさんも来てくれる。優雅とも言える障害者生活が始まった。

しかし、思うにまかせなくなった左半身の現実。これには正直、まいった。手を動かしたり歩いたりという機能は徐々に回復したが、体の左側半分に見られる「半側身体失認《はんそくしんたいしつにん》」と「半側空間無視」は初めての症状である。

これは自分の左半身や左側の空間に対して注意が向けられなくなる障害だ。左手の存在自体を脳が忘れているため、左手はただついているだけというか、体の動きにともなってブラーンと動くのみで、しかも左側の空間に注意がいかない。その結果、たとえば狭い場所を通ろうとするとき、ものをなぎ倒しながら歩いたりする。私のような脳の右半球に病巣《びょうそう》がある場合に多い症状だという。

左手でがんばって何かを持っているときは、とくに要注意だ。左手がやっていることを、脳はすぐに忘れてしまう。スーパーの帰りに卵を入れた袋を取り落として、夕飯が何度オムレツになったことだろう。卵とじ丼もよく登場した。さいわい息子は、おやつに自分でゆで卵を作るほどの卵好きなので、あまり苦ではなかったようだが。

前回の脳卒中後、ものを探すのが苦手になったが、今回は左側にあるものに気づきにくいので、さらに下手になった。ものを拾うとき、テーブルに左の額をぶつけることもよくある。たんこぶを作るなど、大人になってからは久しくなかったことで、ゴーンと衝撃がきてからにわかに照れくさくなり、いつも周囲を見回している。

食事をするとき、テーブルの左側に置かれた料理を食べ残すようになった。姉と夕食を食べていて、「左側に茶碗蒸《ちゃわんむ》しがあるの、見えてる？」などと注意されることはしょっちゅうだ。

作業療法士の先生の立ち会いのもとで料理をしたときのこと。確か麻婆《マーボー》豆腐を作ったと記憶している。自分ではけっこうおいしくできたと思ったのだが、まな板の左側に置いた材料を入れ忘れていたし、鍋をまぜるときに左側を忘れがちだとの指摘を受けた。

自信のあった絵画も悲惨《ひさん》だった。人物をスケッチしてみたのだが、向かって右半身は細かく観察してきちんと描けるのだが、左側はほとんど注意が払われないためか、やたらと貧相で頼りない。なんともシュールなのだ。

車の運転も、今度ばかりはあきらめた。左にいる人や建物がまったく視野に入らないのだから。殺人者にはなりたくない。

職場に再々デビュー

こうした現実は、私にとってなかなか受けいれがたいものだった。

気が滅入《めい》った。何もする気になれなかった。子どもの世話などでどうしても必要なとき以外、とにかく寝てばかりいた。眠くて眠くて、横になっているといくらでも眠れた。

現実逃避だったのかもしれない。

そうでなくても意思の中枢である前頭葉《ぜんとうよう》がダメージを受けると、元気がなくなるものらしい。何かしよう、せねばならぬ、という気持ちが稀薄になっていた。できればこのまま時間だけを過ごして、命を終えてしまいたい、と布団を被っていた。

そんな私を見かねた姉は、「この子には仕事を与えなければならない」と、再度の職場復帰のタイミングをはかってくれていたらしい。ちょうどそのころ、姉夫婦が経営する老人保健施設の施設長が急に退職されることになり、ある日突然、私は姉に引っぱり出され、その後任を務めるよう言われた。

朝六時に起きて子どもにご飯を食べさせ、七時半に小学校に送り出し、自分も身支度《みじたく》をして八時二十分に出勤する暮らしが始まった。

ここは義兄の脳外科医院の付属施設で、医院での術後患者が自宅に戻る足慣らしに入ってくるのが通常のパターンである。脳卒中の後遺症を持つ患者さんは多いものの、前の伊予病院と違い、純粋な高次脳機能障害患者はほとんどいない。認知症の患者さんがもっとも多く、話しかけても返ってくるのは沈黙ばかりという状況に、最初はなかば途《と》方《ほう》にくれた。

高次脳機能障害と認知症とが明らかに違うのは、「自分を誰だか知っているかどうか」という点だ。客観的に自分を見つめられ、自分の行動に自覚があるかどうか。ここに決定的な違いがある。

　認知症の患者さんたちの多くは、日々ベッドに横たわり、涼しい顔で目を閉じている。寝返りもうたず、泣きも笑いもせず、排泄《はいせつ》の意思も示さず、起き上がれるお年寄りでも、すぐに布団にもぐって寝てしまおうとする。それを日中の離床を理想として揺り起こして歩くのが私たちの仕事である。

　が、つい昨日まで同じように布団にもぐっていた私は思うのである。本当にそんなことをしていいのだろうか、と。やっと誰が見ても老人だと認められる歳になって、もうあとは死ぬほどだらだらしていたいって思ってるんじゃないだろうか。

　もちろん、起きていないと認知症の症状が進むし、床ずれもひどくなってお尻《しり》に穴があくし、起こしておく以外に「正解」がないのはわかっている。しかし、もの言わぬ彼らの心を思うとき、何が「正しい」ことなのかがわからなくなることがある。

　それでも私は、ほとんどコミュニケーションをとれない患者さんに対しても、せめてもの刺激にと、のどの麻痺《まひ》で充分に出ない声を張りあげて回診する。するとときどき、かすれた私の声にピクリと動いてくれることがある。目だけ動かしてこちらを見る。口を開ける。彼らの耳に私の声が入って鼓膜を揺らし、その電気信号が脳に達したことを確信する瞬間がある。

　とくに女性は、自分のファーストネームに反応する。口を開けて、「はーい」と言っているかのような顔をする。そういう音の息を吐く。たまに目や口を動かしているうちに大あくびをすることがある。これはいくらかでも脳が聴覚刺激を受けとり、何かを感じたか考えたかして、酸素を消費したというサインである。脳にとって、立派なリハビリとなっている証拠なのだ。

認知症患者を抱えるご家族の方、「せっかく見舞いに行っても、話もできないから無駄」と言わないでほしい。親しい人たちの懐かしい声で名前を呼ぶだけでいい。自分が誰なのかを思い出せば、恥ずかしかったり、誇らしかったりという人間らしい感情が生まれる。少しでも記憶が呼び起こされ、情動の動きが見られたら、もうけものである。障害のレベルの差がどうあれ、彼らだって、私だって、リハビリが必要なことに変わりはない。

プライド

認知症の患者さんと接するにつれ、「人間の意識ってなんだろう」と、深く考えさせられた。「意識不明、重態です！」という、あの意識。一般には左脳に存在するといわれている「意識」のことである。

いろいろ考えた末に、「意識とは、自己意識のことだ」という結論に達した。たとえば、朝静かな部屋で目が覚めた時、健康な人は、「私は誰で、こんな背景を持っていて……」と一つひとつ確かめたりはしない。「今ここにいる人間は、ほかならぬ私なのだ」という認識を、当たり前のこととして肌身離さずに持っている。額のあたりに貼りついている。これが自己意識だ。

この自己意識を支えているものは、脳の中に語らずとも抱いている記憶である。満々と満ちた記憶の海の中から、自分に関する言葉をいつでもすくい上げられる状態が、「覚醒度《かくせい》が上がってきた」、つまり「意識がある」ことといえるのではないだろうか。

その言語能力が大きくダメージを受ければ、脳卒中ではやはり重症である。自己意識は言語に支えられている。

さいわい、私は言葉を失わなかった。自分の失敗を、「ばかだなあ、そうじゃないんだよ」と指摘したり、「いや今度はこうやって、もう一度トライしようよ」と自分を励ましたり、「そんなんじゃだめよ」と自分を叱責《しっせき》したり……。そういう内面の自分との会話、すなわち言葉のやりとりが私の回復を支えてきたと思う。私の中の言語が私を導き、ここまで回復させたと考えている。

もちろん他人と話すのもよい。他人に自分の状況を言葉で表現することは、自分が何者かという再確認となる。自己意識があるからこそ、自分を客観的に観察でき、次のステップへの進歩があると思う。

言葉を失わなかった高次脳機能障害患者には、記憶に裏付けられた自己意識が残っている。それは、言い換えれば、人間としてのプライドでありもする。自分が何者かを知っているから、怒鳴られれば悲しい。ベッドサイドで、どうせ聞こえないだろうとイヤミを言われれば悔しいのである。

そこが認知症やある種の精神疾患とは違う。もちろんいずれも症状の程度によるだろうが、一番根っこのそこのところがわかっていない専門家が現場にはあふれている。医師にしろ、看護師にしろ、リハビリスタッフにしろ。

意識と理性

「全体としての私」という個体の生存を支えているのは、覚醒した意識の中にある何かだ。私の場合、そこに障害のある個体としての暮らしを要領よくやっていくための医学上の知識と、自分を客観的に見られる理性とが加わって生存しているという感じである。

私がこの体の主体としてもっとも怖いと思うこと、生命の危険を感じるのは「意識」がどこかへ持ち去られてしまうかもしれないと思う時である。理性というのはある程度、脳の中で安定して存在していて、脳がひどく壊れたりしない限り誰かに持っていかれたりしない。けれど意識に関しては、他者の悪意やミスによって持っていかれてしまう可能性もあり、私という人間の生命を維持する上で、もっとも危うい感じのする部分である。

誰でも一定時間意識を失い、その間のことがわからないという状態には言い知れぬ恐怖を覚えると聞いたことがある。私は持病がある限り、「わからない」状態に陥る可能性が高い。理性がしっかりしている間は、持ち去られてしまうかもしれない意識を自分で守っていかねばならないと思っている。

半側身体失認と半側空間無視

職場に復帰したとはいえ、すべて立派にやっていけるわけではない。「施設長」という名はついていても、看護師長をはじめスタッフのみなさんのサポートなしにはやっていけない。

私は仕事と並行して、医療的なリハビリも行っているのだが、あるとき言語聴覚士の先生が、私のＣＴ検査成績などを何人かの精神科や神経内科の先生に見せて、分析をお願いしてくださった。

結論を言えば、私の巨大出血のおもな部位は、大脳基底核《きていかく》および視床《ししょう》と呼ばれる領域で、右半球を中心に、前頭葉、頭頂葉《とうちょうよう》、側頭葉、後頭葉と広範囲に及び、かなりダメージが大きいとのことである。もしかすると、無関心や無気力などの精神症状が出ても不思議はないそうだ。半側空間無視、記憶障害、注意障害などの症状も、病巣とまったく一致しているという。とくに注意障害が大きいだろうとのコメントもいただいた。

これらの障害のなかで、現実的に不自由を感じていることをお話ししてみたい。

左半側身体失態と左半側空間無視が、私の日常生活に大きなダメージを与えていることが実感となって追々わかってきた。これは私のような頭頂葉の、それも右半球に損傷を受けた人に見られる障害だ。

先ほども言ったように、左半側身体失態は、自分の左半身に関心がいかない、つまり忘れてしまうことである。たとえば左手があることを脳は忘れていて、仮に意図的に物を持ったとしてもすぐに落とす。よほど気合いを入れないと自発的には使おうとしないのだ。

また私の左の口角には感覚がないうえ、運動麻痺《まひ》がある。歯の治療のために麻酔をかけられたようなもどかしい感じに近いだろうか。だから恥ずかしいことに、食べたものがここからはみ出す。食後、何か付けていても自覚がない。

ある午前の回診中、患者さんの固くなった肘《ひじ》を私がマッサージしていると、一緒にいた看護師長が、

「ちょっとティッシュで口角を」

と言ってティッシュを私によこす。そこで患者さんの口を拭いてあげたら、

「違います、先生ご自身の左の口角を」

と言う。何か付いていたらしい。朝食のパンか何かだろう。

同じように、左の口角からよく涎《よだれ》が垂れる。何かに熱中している時、しばしば涎を垂らしてトホホと思う。涎の多い子供は健康というが、普通四十歳近くの人間には言わない。しかし脱水していないってことよ、と自分を慰める。唾液《だえき》がよく出ることはよいことだが、飲み込みがうまくない時は、自分の唾液にむせることもある。

左半側空間無視は文字通り、自分の左側の空間にあるものに関心がいかないことだ。これは視覚的に異常があるのではなく、視覚の捉《とら》えた情報を脳が正確に分析できないために起こる現象で、実際に目には見えていても、見えていないのと変わらない。

探し物をしようと目を皿のようにしても見つからない、そのうち何を探していたのか忘れてしまう。そんなことは日常茶飯事である。

先にも少し触れたが、食事の際、テーブルの左側に置かれた料理を食べ残すこともある。老人保健施設に出される食事の内容や味などをチェックする「検食」のときに、献

立表を見ながら「どこに煮付けがあるんだろう？　どこにもないじゃないの」と不思議に思ってお膳《ぜん》の左をよくよく見ると、ちゃんとあったりする。

このような行動は、常に左側を意識することで徐々に改善されてきた。とはいえ、外界から注意を喚起する刺激もないのに常に左に注意を向け続けるのは、脳卒中患者や高齢者には、なかなか簡単なことではない。食べ残しなどは、油断しているとついやってしまう。

一回目と二回目の出血では麻痺が出なかったため、パソコンはそれまで通り、タッチタイピングで入力することができた。だが、三回目の大出血以降は思うままに左手が使えない。右手はほとんど変わらずタッチタイピングに近い形で入力できるが、やはりキーボードを見る回数は増えた。左手は意識しないと膝《ひざ》の上に置かれたままだ。

キーボードの左半分にある文字を拾うことがやっかいで、もっとも見つからないのはAのキーだった。そこで私は白いテープをAのキーの上に貼った。さらに左手の小指を添える。すると左側に注意が向きやすく、文字を探す手間がかなり軽減された。左手も意識的に使うようにしているうちに、徐々に打てるようになってきた。

こんな「施設長」を何かと支えてくれるみなさんに、感謝しない日はない。

服が着られない

左側の半側無視に関連して、もっとも情けない失敗の代表が「着衣失行《ちゃくいしっこう》」、つまり服をうまく着たり脱いだりできないことである。普通の人は服の構造と自分の体の形をほとんど意識することなく把握し、間違えるということはまずない。ところが頭頂葉が損傷を受けると、たかが着替えとは言っていられなくなる。

頭頂葉は、空間における体の位置の感覚とか、ものの形に関する感覚を無意識に働かせている場所である。とくに「劣位半球《れついはんきゅう》（右利きの私の場合、劣位半球は右）」の頭頂葉から後頭葉にかけて損傷を受けた場合は、着衣失行の傾向が顕著になるらしい。

おまけに私の場合は、左半身が思うように動かせない。この歳で服を着るのにいちいち悩むことになろうとは思ってもいなかったが、なかなか骨の折れる作業なのである。

おおいに助けになったのが「介護少年まあちゃん」こと、息子の真規だ。真規がもっと小さいときに、私が彼にしてやったように、服をそろえてくれたり、袖《そで》を支えてくれたり。彼の大活躍がなかったら、とてもやっていけない。

左手が不自由になってからゴムのスカートを愛用しているのだが、トイレに行ったあとなどに、スカートのすそがウエストのゴムにはさまって、まくれ上がったままということがある。職場は圧倒的に女性が多く、まだ男性職員に指摘されたことがないのが不幸中のさいわいである。スカートがめくれていても、たいてい上に白衣を着ているので、パンツ丸出しという悲しい事態に至ったことはまだない。

ある日、なんだか寒いなあと思いながら、ひとりで田んぼ道を歩いていた。そのうちに太股《ふともも》の裏に何かが当たるのに気づいた。立ち止まって自分の体をながめ回すと、ちゃんと着たつもりのカーディガンが、左袖を突っ込んだっきり、右袖を通さずにお尻《しり》のところにぶら下がっている。左袖以外の部分が歩くたびに足にからみ、パタパタと揺れていた。

左半身に不全片麻痺《ふぜんへんまひ》(体の片側に、完全な麻痺ではなく、動かそうという意思があればなんとか動く程度の麻痺のこと)がある私は、服を着るときにはまず、左から袖を通す。右を先にすると、いくらがんばっても左の袖は通らない。この日はおそらく、左袖が完了したところで、「できた!」と満足してしまったのだろう。注意障害もあるこの身、右袖のことはすっかり忘れて出かけてしまったというわけだ。状況を理解した私は、思わず照れ笑いをしてあたりを見回した。さいわい目撃者はいなかった。

前回の出血でも頭頂葉の損傷がひどいと言われたが、服が着られないということはなかった。やはり今回の大出血では、後頭葉にかけてのダメージがひどかったのではないだろうか。一般に後頭葉に損傷を受けると、視覚のとらえた情報を正しく分析できないといわれている。

衣服のボタンのかけ違えが、その顕著な例である。職場復帰したばかりのころは、朝礼のときに院長である義兄が私の白衣のボタンを直してくれたりしていた。まるで子どもだ。職員が妙な顔をして見ていた。恥ずかしい思いをしたので、それからはちゃんと大きな鏡の前で確認してから、朝礼にのぞむようにしている。

着衣以外では、ごく普通の洋式トイレで、用を済ませてからどうやって水を流したらよいのか考え込んだことがある。水が流れる仕掛けがわからないのではない。水洗便所の流れるメカニズムを理屈として前子ちゃんが知っているので、結局は人に頼らなくても流すことを遂行できるのだが、視覚失認のある目には、ごちゃごちゃした風景映像の中からトイレのレバーを探し出すことがひどく困難なのだ。

レバーを見つけてしまえば、どんなふうにレバーを押せば流れるかは、見ればわかる。でも、レバーの位置によっては、無視症状のせいで探しあてられない。レバーが蓋《ふた》の後ろに完全に隠れている時など、何歩か下がって全体を眺めまわしたり、この辺かなと思う場所を手探りで探したりするのが実情だ。

トイレの形の規格化は、高度に進んでいたほうが、高次脳機能障害者には使いやすい。公共の構造物に関しては、このあたりにこれが絶対あるはず、という常識があってくれたほうが、いくらかでも楽なのだ。物のデザインに関しては、いわば面白味がなく、新しい発想がないもののほうが、私たちには扱いやすい。それはどこかでユニバーサルデザインの発想にも近いのではないかとも思う。

一方で、既存の社会ではもうそんなことはどうでもいいことだとされてしまったことに、もうちょっと工夫がほしいと思うことも、街にはいっぱいある。たとえば、再びトイレの話で恐縮だが、トイレットペーパーのホルダーの位置は、便器に座るとなぜ肩の高さにくるようになっているのか、というようなことである。健常者であれば考えもしないことだろうけれど、肩の高さに紙があると、無視麻痺《まひ》の類なら、身体の左、右、どちら側が不自由でも大変である。たとえば左側にホルダーがある場合、私のように左麻痺の人間は、左肩の後ろの紙を右手で取ることになるが、左のお尻の筋力だけで便器に乗っていないといけないわけで、無理に体をよじろうとした結果、便器から転落するという稀有《けう》な事故も経験している。

もともと意識の薄い左のお尻からトイレの床に転落する気持ちは、是非一度、おトイレ屋さんの社員の方にも経験してもらいたいものだと思う。身体障害者用のトイレにしても、広すぎて壁を頼りに立ったり歩いたりできない等々、当事者の思っていることは実に沢山あるのだ。現在のユニバーサルデザインについては、考え直すべきことが多々あるのではないかと思っている。

ここはどこ？

私の場合、「この人誰だっけ？」と思い出せないことはあるが、隣にいる人を猿と間違えることはない。犬と猫を間違えることもない。おおむね顔と名前も一致する。つまり、いわゆる「相貌《そうぼう》失認」はないと思う。

しかし地誌的失認はある。他人の家と自分の家を間違えたり、帰り道に迷うというほどひどくはないが、建物に関してわけがわからなくなることはある。

子どもが初めて塾に行く日だった。私は場所がいまひとつ不案内なので、タクシーに乗った。数日前、姉が一度車で連れてきてくれていたので、まったく初めての場所というわけではない。県内で多くの教室を持つ塾で、運転手にその名を告げたところ、「ハイハイわかりました」と言うので安心していた。到着すると、塾名のかかれた大きな看板がかかっている。

ドアをあけて階段を上り、二階の教室に入った。息子は階段を上りながら、「ここは違うよ」と言う。私は「何言ってるの」と言いつつ、奥で書き物をしていた女性に名前を告げると、彼女はいぶかしげな顔で奥から男性を呼んできた。

「先日申し込みをした」と言うと、納得した様子で子どもを机の前に座らせた。「一時間ほどして迎えにきてください」と言う。息子はなお「全然違うとこだよ」と言っている。私にはわけがわからない。先生方が早く出て行けと言わんばかりに私を見るので、しかたなく近くのデパートで時間をつぶすことにした。

戻ってみると、息子は勉強を終えていた。「やっぱり違うと思うよ」とまだ言っている。よくよく思い返してみると、この前来たときの施設の特徴が、子どもの主張するとおりであると気づいた。「本当だねえ」と考え込んでいると、「曜日を決めてください」と言う。

「えっ、こないだ土曜日でお願いしましたけど」と言うと、先生は妙な顔をして「一年生は土曜日はやっていませんけど」

すでに自分の問題処理能力を超える事態になったことを察知し、私はかたまっていた。キツネにつままれたような気持ちで帰宅し、釈然としないまま床についた。翌日、別の先生からお電話をいただいた。「お休みされましたけど、どうしましたか？」

要するに私は、同じ塾の別の教室に息子を連れていってしまったわけだ。だが建物を見ても、教室をながめても、私には間違った場所に来てしまったとはどうしても思えなかった。

それから、これもよくやる失敗である。

私の勤める老人保健施設は、三階と四階の部屋の配置が同じ造りになっている。エレベーターの同乗者につられて、目的以外の階で降りてしまうと、「ここはどこ?」となる。よくやるのは、四階でつられて降りてしまい、てっきり三階で降りたと思い込むことだ。

デパートでなら頭をかきかき、また乗ればいいのだが、うちの施設では三階が認知症病棟で、この階からエレベーターに乗るときは、職員が持っている鍵《かぎ》を使わなければならない。大騒ぎして職員に「カギー、鍵、お願いしまーす」と助けを求める。

動転する私と対照的に、職員は決まって「先生、大丈夫です、ここ四階です」と冷静に教えてくれる。なかばあきれつつ、気の毒そうに。

数オンチ

前回の脳出血以降、苦手になった「数を数える」という作業も、今度の出血でいっそうダメになった。人間は普通、ひとわたり見回しただけで、何人いるとか何個あるということが瞬時に識別できる。だいたい二十くらいまでは可能だという。私の場合、それが難しく、数オンチになっている。

息子の水泳教室についていって、二階から見学していた。「今日参加している子どもは何人？」と思って数えてみるのだが、わからない。ある程度まで数えると、どの子まで数えたか忘れてしまい、またやり直す。何度やっても、その繰り返しだ。

そのうちに、以前は子どもの頭を点の散らばりの図形としてとらえながら、数を把握していたことを思い出し、やってみた。だがやっぱり無理だった。

現在はそのリハビリも行っている。硬貨などを並べ、パッと見ていくつあるかを瞬時に判断する練習だ。まだはずれることも多いが、十個以内なら近い数をだんだん言い当てられるようになってきた。

計算も苦手である。これは「失算」というが、文字通り、計算ができないことである。この要因はさまざまで、たとえば数字の意味や計算の概念を忘れるために起こることもあるが、私の場合は例のごとく、視空間認知に問題があるため計算ができなくなっている。

リハビリの際に受けたテストのなかに筆算があったが、私にはチンプンカンプンだった。数字の書かれている「場所」が何を意味しているのかが理解できず、桁《けた》を揃えて数字を記入するという作業も難しかった。プリントの左側にある問題も見落とした。

また記憶障害もあるため、引き算が苦手である。リハビリの際に受けたテストに、「百から順次七を引いてください」という問題があったのだが、九十三、八十六、とスムーズに進んでいかない。考えているうちに、「いくつから七を引くんだっけ？」と前の数字を忘れてしまう。

だから買い物でも、おつりの計算ができない。というか、その気力がない。レジ係の人に「お確かめください」とおつりを渡されると、それはあなたの仕事でしょうと言いたくなる。

といって、細かい金額をきちんと用意するのは至難の業《わざ》だ。視覚を正しく分析できない私の脳では、重なり合ったものの一部が見えているだけでは、下にあるものが推測できない。したがって財布の中から硬貨を見つけ出す作業がひどく困難なのだ。仕方がないから、お金を払うときは、だいたいこれで足りるだろうという金額をお札で払うことも多い。

そこで最近、小銭入れがフルオープンになる財布に買い替えた。水平に開いて中身が一目でわかるので、小銭を探すのが楽になった。これでレジ係の人の冷たい視線を浴びることが減るだろう。おつりの小銭が増え続けて、財布をパンパンにすることもなくなるはずだ。

漢字が書けない

三回目の脳卒中後、漢字が書けなくなって愕然《がくぜん》としたが、最近も編集者に手紙をしためようとして、もどかしいほど漢字が書けないことにいらついた。カルテを書いている時などにも、職業的に使い慣れてきた文字が出てこない。

この症状を「失書」という。特に漢字の失書は、側頭葉後下部が責任病巣とされている。頭頂葉、側頭葉、後頭葉にまたがる私の大きな血の塊は、この症状を出してもおかしくはない。

漢字を構成する部首の組み合わせや配置がわからない。勢いをつけて殴り書きをするときはまだいい。ふとペンを止めて考えてしまうと、もう後が出ない。最近、苦労した文字の一例が、「日暮里」という地名だ。この中で、「暮」という文字に詰まった。この文字は、存外に多くの部首を秘めている。くさかんむり、大きいという字、日という字。ミルフィーユのように積み重なった部首の順番が、はた、とわからなくなった。

縦に並んだ部首であれ、横に並んだ部首であれ、四つが上下左右に組み合わさったものであれ、難しいことに変わりはない。以前にも言ったけれども、私は書き取りの得意な子供だった。それがこのていたらくである。

この痛みはどこから？

大脳を切断すると、その表層はすべて厚さ二・五ミリほどの皮質《ひしつ》で覆われている。その下には、皮質下領域と呼ばれる部分があり、さらにその内側は大脳基底核及び視床で、中心部の空隙《くうげき》は脳脊髄液《のうせきずいえき》で満たされている。この空隙が脳室《のうしつ》だ。

私の出血はおもに、大脳基底核及び視床で起きたわけだが、視床が損傷を受けると、次のような特異な症状を呈すると言われている。

①病巣と反対側の半身の感覚鈍麻《どんま》

これは知覚神経の麻痺《まひ》で、局所麻酔がかかったのと同じような状態である。私の左半身片麻痺は、右脳に病巣があることを示している。

②立体覚の障害

今回の障害の評価のためにいろいろな検査を受けたが、袋の中に三角や四角など簡単な形の積み木をいくつか入れておいて、指定された形を左手で探り当てるというテストは、ほとんど零点だった。ものに触っていることはわかる。だが表面をさすってみても、それがどんな形をしているかまではわからなかった。

③感覚過敏、片側の激しい自発痛（視床痛）

①の感覚鈍麻と矛盾するようだけれども、私の左半身は、やり方によっては触っただけでも痛い。料理をしていて、うっかり包丁で左の人差し指を切ったことがある。うっすらと血がにじむ程度で、最初は痛みを感じなかった。ところが、切ったことを自覚したとたん、猛烈な痛みに襲われた。

子どもが左膝《ひざ》に乗ってくるのも絶叫ものだ。部屋に散らばったおもちゃ、とくにブロックなどを踏んだときの痛みは、まさに目から火。心臓が縮み上がり、しばらく口がきけない。

このほかには、温かさと冷たさが、痛みに変わる。凍ったものや五十℃くらいのものが要注意だ。障害が出てからレトルト食品のお世話になる機会が増えたが、湯煎《ゆせん》して温めた食品の封を切ろうと、左手で持ち上げたとき激痛が走る。

いつも四十二℃に設定してあるわが家の風呂《ふろ》ではそういうことはないし、火傷《やけど》するわけではないので、五十℃あたりが苦手な温度らしい。カレーの袋を取り落として、何度テーブルを恐ろしい色に染めたことか。これまたよくお世話になっている冷凍食品に関しても、不用意につかむとあまりの痛さに悶絶《もんぜつ》する。

たとえば長時間正座をした後に、足がビリビリとしびれたことは誰でもあるだろう。もちろんケガ、内出血、肉離れなど何のトラブルもないことが前提の話である。このビリビリした痛みの感覚が、異常知覚のもっとも一般的な例だろう。

先ほどの「視床痛」は、その痛む部位には問題がないのに、脳の働き（というか、働きの異常）がそう感じさせているわけで、思えば脳とは本当に不思議なものである。

視床痛がもっとも激しかったのは、初期のリハビリのころである。安静のために寝てばかりいると、関節は拘縮《こうしゅく》する。これを予防するために、他動的に四肢を動かすというリハビリを行っていたのだが、これは涙ものだった。あまりの激痛に体が防御反応を起こして左肩が極端に凝《こ》り、かえって左肩を使うのがつらくなったほどである。

痛みと並んでかゆみもまた、一種の知覚異常と考えられる。かたくなった肩を中心に、左側の胸や背中にも慢性的にかゆみがある。風呂で温まったりすると、よけいひどくなる。使わなくなって循環が悪くなった部分に、急に血行が回復するためだろう。これは、そういう意味では正常な知覚かもしれない。

脳卒中患者のうち、どれくらいの人がかゆみを覚えているかわからないが、おそらく麻痺などで動かなくなった四肢のまわりにはあるだろうと思う。脳卒中と体のかゆみに関係があることなど、一般にはほとんど知られていないだろう。普通は老人性の乾燥による皮膚掻痒《そうよう》症にひっくるめられ、ぬるぬるとワセリンなどを塗りたくられているに違いない。

知覚とは実に不思議なもので、情報を脳に取り入れて、感じている当人にしかわからない。今見ている世界の色は、隣にいる人にも同じ色に見えているのだろうかと思ったことがある。「あなたの目に映る私のその顔はほんとに同じ顔ですか」という松任谷由実の歌をいつも思い出す。

うまく飲み込めない

食べ物を飲み下すこと（嚥下《えんげ》）は、誰にも習うことなくやりはじめ、死ぬまで続けなくてはならない作業であるのに、脳卒中患者はしばしばこのやり方を忘れてしまう。自分の意志で行うか、反射に任せるかで葛藤《かっとう》が起こるということはままある。意識しなければマーチのリズムに乗って軽やかに歩けるのに、緊張すると手足がばらばらになってうまく歩けない。高校野球の開会式などで見られる微笑ましいワンシーンである。嚥下の動作にもその要素がある。意識的に行う動作と反射に任せるところを把握し、一連の流れをスムーズにすることが大切である。

食べようと思って食べ物を口に入れるまではもちろん自分の意思だが、口に入ったあとは脳にプログラムされている反射におまかせ。これが通常の流れだ。ところが脳が故障すると、このプログラムが機能しなくなる。

私も術後、のどの麻痺で食べ物がスムーズに飲み込めず、やたらとむせた。ひと月ほど経ったころからだろうか、ヨーグルトといっしょなんでも食べられることに気づき、ずいぶんと楽になった。ちょうど食欲がなくなっていたときでもあり、栄養補給という意味でもよかったかもしれない。今ではヨーグルトなしでも食べられるが、たまにむせる。でも、むせたら吐き出す機能があるし、窒息死することはないだろうと楽観している。

ヨーグルトに限らず、とろみをつけたり、どろどろにしたりといった工夫があれば、格段に食べやすくなる。そんなことをしなければ食べられないのは邪道だと言わんばかりに、患者を怒ったり責めたりする医療関係者を私は見たことがあって、驚いた。人間が口から栄養を摂《と》ることの大切さからすれば、食品の形状なんて取るに足らないことである。

実際、嚥下は生命にかかわる大問題だ。もし現在、飲み込みがうまくいかずに困っている、もしくはそのような患者さんを介護されているとしたら、以下の方法を試していただきたい。

まずスタートは、咀嚼《そしやく》という随意《ずいい》運動を促すことだ。よく噛《か》むことで唾液《だえき》が分泌され、食べ物にとろみが加えられる。あまり一気にものを口に入れると、食べ物が断りもなく咽頭《いんとう》を越えて入ってこようとして、むせるもととなる。少しずつ口に入れることが大切だ。

さらに周囲が「もぐもぐもぐもぐ」などと声をかけたほうが、患者は噛むことを思い出しやすい。そうやって噛みながら、食べ物を口の中であっちへやったりこっちへやったりしていると、そのうち咽頭の縁あたりのけっこう深いところに入ったとき、反射的に嚥下が起こり、ゴクッと食べ物は落ちていく。

意識的に行う動作と、反射にまかせる部分のかねあいを自分で把握すると、一連の流れがスムーズに行える。そのためには気持ちを集中することが大事で、周囲の人も、飲み込んだのを見届けてから話しかけるくらいの配慮が必要だろう。気をきかせすぎてあれこれ指摘したり、こぼしたり吐き出したりするのをとがめるのは、患者に多大なストレスを与えることになり逆効果である。

病気で失ったもの

過去二回の脳出血で失ったものは何かと問われれば、最大のものはなんといっても「整形外科医という職業」と私は答える。前回の脳卒中後、方向がわからないといった認知障害が見られた時点で断念はしていたが、今回の不全片麻痺でメスを持つことが完全に不可能になったからだ。

厳密に言うと、ピンセットが持てないのである。左手でピンセットをきちんと持てれば傷を縫うこともできるので、多少なら外科医的な仕事も可能かもしれない。だが物をつまむ筋トレも時折してはいるものの、力はなかなかついてこない。

ときどき、整形外科医をやめようとしている自分を、しげしげと見つめなおすことがある。私はこの仕事が大好きだった。男の人に恋して夢中になるように、仕事が好きだった。整形外科の仕事は本当に私を幸せにしてくれた。自分がそこにいなくてはならない、自分が必要とされる幸せ。ただ好きな仕事をしていただけなのに、感謝される幸せ。思い起こせばきりがない。

初めての脳出血のあと、「外科は重労働だからやめたほうがいいよ」とわざわざ病室に言いにきてくれた講師に「やりたくない仕事をして長生きするより、命を縮めてもやりたい仕事をしたいんです」と泣いて訴えた自分を思い出す。

そして今、私は命を長らえるために、整形外科をやめようとしている。命をかけてもいいかもしれないと思っていながら、「やっぱりやーめた」と引き下がるのは、恰好《かっこう》悪いし、悔しい思いもある。

でも、一生、仕事がこんなに幸せでない人だってたくさんいるはずだ。私はけっこう満足している。どんなに充実した整形外科医生活だったかということを、ハイライト編集して、プロ野球ニュースみたいに見せてあげたいくらいだ。

実際、この後遺症が私の生活に与えた影響は大きかった。自分が障害者であると実感させられるのも、この片麻痺《まひ》によるところが大きい。

右手だけでできる作業は以前と変わらない。箸《はし》、包丁、ハサミ、なんでも使える。だが左手が充分に使えないせいで不便を感じることは多い。たとえば皿にラップをかけること。左手の力だけでは皿が支えられないので、ラップをひねって切り取るなどという作業は離《はな》れ業《わざ》に等しい。

同様に、皿洗いも困難である。左手で食器を保持できないので、流し台に置いたままスポンジでこすり、まとめてすすぐ。左手で持とうとがんばったこともあったが、ツルリと落ちてガンガン割れる。結局、むだな抵抗はやめて、食器洗い機におまかせすることにした。

かつて得意だったお裁縫もお手上げだ。針に糸を通そうにも、左手で針をちゃんと持っていられないのだから。

「徳俵」の女

手術の際、執刀した義兄は私の脳を見て、新生血管があまりに発達していて驚いたという。脳は出血や梗塞《こうそく》などで血が足りない状態になると、自然に新しい血管が生えてきて血流をまかなっていることが多い。血が足りなくても、脳を使おうとする刺激で血液の需要が高まると、血管は先へ、先へと伸びようとするらしいのだ。

私の持病であるモヤモヤ病でもこのような現象が起こるのだが、通常このプロセスが行われている時、患者さんは苦しいのだそうで、義兄は、「きっと苦しかっただろうに。よく考えて、よく使ってきた脳だったよ」と言ってくれた。何も苦痛を感じなかった私とすれば、そうまで誉めてもらうと気恥ずかしい。

今回の出血後もおそらく、私の脳の中では新生血管が伸びているのだろう。だがこれまでと同様に、自覚症状は何もない。脳出血によって頭が痛むとか苦しいという症状も出ていない。

ただ、脳出血の後遺症でもっともやっかいなのは、痙攣《けいれん》やてんかんなどで呼吸困難に陥り、急死する危険があることだ。これを防ぐために、痙攣止めの薬を毎日飲んでいる。その副作用がひどい眠気とイライラと脱毛。

それに頭を使うと、すぐにおなかがすくし、やたらとあくびが出る。人とまじめな話をしているのに、のどちんこが見えるような、すごいあくびをしてしまう。やられたほうにしてみれば、愉快なことではないだろう。私が病みあがりであることを知っていて、いろいろと割り引いて見てくれる相手でも、感じの悪い印象は否めないと思う。

先日は、麻痺しているほうの化粧をし忘れた。アイラインがちゃんとした場所に引けず、子どもに「そこは目じゃないよ」とよく笑われる。目を開けたまま寝ている人のギャグメークみたいで、怖い。

まあこんな毎日ではあるが、それでも、施設長に就任した当初はどっちが患者さんかわからないほどボーッとしていた私も、他人様《ひとさま》に少しでもご迷惑をかけまいと日々気を遣っているうちに、頭は格段に働くようになってきた。三十数名いる患者さんの顔とフルネームはほぼ記憶できている。どうやら学習能力はまだ残っているようだ。

まだ呂律《ろれつ》がうまく回らないので、入所者のご家族などに説明をするとき、相手が不安そうに私を見ているのを感じることはある。だがそこは、脳卒中歴の長さが生みだす図々《ずうずう》しさで、おかまいなしに舌を嚙みつつまくしたてている。

後遺症による失敗も、いつまでも続くものではない。前の後遺症だって、二年で格段によくなっていた。そんな経験に裏づけられた安心が、私を一歩、また一歩と前に押し出してくれている気がする。

真夜中に、施設の患者さんの具合が悪くなり、私は病棟に呼ばれた。渡り廊下を行くとき、ふと、走ってみようかと思った。

これまでは、麻痺側の足を踏んばれずにぶざまに転び、頭を打って額から血を流す自分ばかりが頭に浮かんで、走る勇気などなかった。だがこのときは、急いでいたからなのか、しんとして気持ちのよい夜に浮かれたのか、私の心は軽かった。

おそるおそる足を踏み出し、そっと駆けてみた。

走った！

もし誰か見ていた人がいたならば、足も上がらず、片足を引きずるような変てこな早歩きを「走っている」とは思わなかっただろう。だが私の体は、いつもよりスピーディに前に出て、確かに「走って」いた。

昨日よりも今日、今日よりも明日、できることは確実に増えていくと私は信じている。それはまた、あの世の一歩手前から何度となく帰ってきた、いわば「徳俵《とくだわら》」の女の自信であるかもしれない。

とにかく私は今、再び社会の一員として暮らしている。

第5章
世間はどこもバリアだらけ

やさしくない街

高次脳機能障害《こうじのうきのうしょうがい》というハンディキャップを負って以来、「バリアフリー」という言葉が身近になった。

自他ともに認める福祉後進国の日本でも、以前に比べると、ずいぶんとバリアをなくす工夫がなされているかに見える。しかし、少なくとも高次脳機能障害などの目に見えない障害は、まったく計算に入っていない。それはどこに行ってもよくわかる。

いや、それ以前に、自治体や建築業者の人々は、老いるということがどういうことなのか、何もわかっていないのではないかと疑いたくなる。「高齢化社会」という言葉はいまや小学生でも知っていて、その対応をせまられていることはみんなわかっているはずだ。それなのに、社会のハードを作る人たちが、あまりに無頓着《むとんちゃく》な気がしてならない。

高次脳機能障害は、ある意味では高齢化の擬似体験ともいえる。急な階段の歩道橋を上る以外、絶対に渡れない広い道路。今もって和式トイレしか備えていない公共施設や電車。「やさしくない街」を実感しているのは、まさに老人と高次脳機能障害の患者だろう。

たとえば私の住む街のターミナル前には、信号のある横断歩道がひとつもない。車との距離をひとめで測れない私にとって、道を渡ることはいつも命がけだ。何度ひかれそうになったことか。手を上げて、走る車に停まってもらい、ご厚意にすがるほかないのである。

行政機関は、道路における最大の物理的バリアは、進行方向に垂直な段差だと思っているらしい。バリアフリーといえば、スロープを作ることを優先する。しかし、つまずくことなく歩ける人なら、そんなものは少し気をつけていればなんでもない。かなりの高齢者でも、前後方向のぐらつきなら、けっこう立て直しがきくものだ。

本当に危険なのは、歩行者の足に平行な段差である。高齢者や下肢の筋力の落ちた人は、足関節が外側に倒れて、容易にバランスを失う。そういう意味では、視覚障害者のための点字ブロックも、足が横方向にぐらついて、ひやりとさせられる。

マンホールのふたも危険だ。ほんの一センチほどの段差だが、そこに足をのせて転げそうになったことが何度もある。最近、この出っぱりを水平にする工事を見かけたが、きっと転倒した犠牲者が出たのだろう。

脳卒中《のうそっちゅう》後の安静ですっかり衰えた足にとって、あの凹凸《おうとつ》の上を歩くことがどんなに不安かを、健常な人は想像できないだろう。高次脳機能障害者は、不充分になった認知機能をほかの機能で補って生活しているので、一見うまくやっているように見えても、じつは持てる機能を精一杯働かせている。本当に「いっぱい、いっぱい」なのである。

歩道の盛り上がりも怖い。なだらかならば車いすも通れるし、いいだろうと思っているのだろうか。だが、高齢者や下肢の筋力が弱っている人、高次脳機能障害で視覚よりも足の感触で歩いている人間は、わずかな出っぱりにも、船が座礁するように足底が地面につかまってしまう。つまずきだけが転倒の原因ではないのだ。

こうした公共事業のずさんさに、日々憤慨している私である。

バリアリッチな学校

子どもの学校もじつにバリアリッチで、本当に行きたくなくなる。

まず、校舎に入るとスリッパ履《ば》きを強制される。左足が半分麻痺《まひ》して力が入らず、感覚もないので、ひどく歩きにくい。階段では、どのくらい足を上げれば次の段かわからないため、階段にコツンと足がぶつかって、たいていスリッパは脱げ落ちる。それで下まで落ちてしまったら、これまたなんの意味があるのか、めちゃくちゃに幅の広い手すりに麻痺した左手をしがみつかせて段の上で回れ右をし、それを拾いに行かなければならない。

「命あってのものだね」が座右《ざゆう》の銘《めい》のひとつだから、私はその瞬間、裸足《はだし》になる。通りがかった先生がご親切にスリッパを持ってきてくれても、ありがたく気持ちだけ受けとって、けっしてきれいとはいえない廊下をペタペタと裸足で歩く。

ただ、トイレではそういうわけにもいかない。いかにおおざっぱな私でも、歩きづらくても専用の下駄《げた》なり草履《ぞうり》なりを履きたい。でもそれからがまた大変だ。大人用のトイレをやっと見つけたと思ったら、そこは日本文化の象徴ともいうべき和式便所。いったい、和式でないと用が足せないという人がどれほどいるというのだろう。

ともあれ、一度しゃがんだら力の出ない左足には、重いお尻《しり》を持ち上げるのは一大事だ。手で体を支えようと思っても、狭い個室にはつかまるところもない。自分の足首をつかんで、ようやく立ち上がる。そしてもう二度と学校のトイレなんか使わない、と決心する。

「地域に開かれた学校」なんてことを多くの自治体は言っているが、息子の学校に限らず、一般的な学校は、地域以前に障害者の父母を締め出していることになってはいないだろうか。理由あって祖父母に育てられている子どももたちもいるだろうに。もちろん学校や自治体に悪気があるとは思っていない。が、配慮が足りないとは感じる。学校を出るときいつも、「もう来るなってことね」と思ってしまう。

文句を言いだせばきりがないし、こちらにも工夫する余地《よち》はあるだろう。ただ、障害者が誰の手を借りずとも自分の力で生活できる街ができればどんなにいいだろうと、考えさせられることは本当に多い。

新聞は冷たい

子どもの学校からのお便りも、もうキーッとなりそうなほど読みにくい。

リハビリのためにも、とにかく文字を読んで読んで読みまくろうという決心で、一日一冊を目標に目を鍛えている。おかげで読書に要する労力がかなりいらなくなってきた。しかし、だ。学校新聞をはじめ、新聞はいけない。あのレイアウトはどうしてもダメだ。

どういう順番で読んで、この行の次に読む行の頭はどこかと目をこらして探しているうちに、目の表面が乾燥して涙が出てきてしまう。

私のような頭頂葉損傷《とうちょうようしょう》では、ものの形の約束事がわからないから、とにかくあちこちの文字を眺めてみて、つじつまの合いそうな切れ端を見つけて、やっと順番をつかんで読む。

あのレイアウトはそんなに伝統があって、絶対に変えてはいけない約束事なのだろうか。老人や脳障害の人が社会に増えても、頑として変わらないものなのだろうか。私は普通の主婦でも、あのレイアウトにイライラすると言っていた人を知っている。新聞社にとって、読者はカスタマーだ。より読みやすい紙面を提供するのが義務ではないか。カラー化するのもきれいでいいが、ある行で急に次がなくなり、先を探すのが不自由な人間が、これから街のあちこちでもっと見かけられるようになっていく気がする。

こんなこと、壊れた脳の持ち主の愚痴《ぐち》にすぎないというのもわかっている。だが、現段階では「新聞を読む訓練ができていない頭頂葉障害の人、お断り」という札がついているようなものだ。だから私は新聞をとっていない。先日も、銀行の待ち時間に新聞を読もうとして、いやになってやめた。

私の小学校の恩師は、早くから活字に慣れて新聞を読むことをすすめておられ、私たちのクラスは、社説とコラムを毎日読まされたものだ。そのおかげで社会のしくみを知ることができたし、政治にもちょっとだけ興味を持った。今、自分で子どもを持って、あの習慣がどれほどいいものだったかを思い出している。子どものためにも、新聞はとりたい。そんな私に、新聞は冷たい。

バリアな人、バリアなもの

街に出てもっとも困るのは、集団社会のルールを守れない人間の存在である。

通路に立ちふさがる人たち、どこにでも無秩序に置かれた自転車。ものと自分との距離がわからないとき、雑然と置かれたものの中をすり抜けていく怖さは並大抵ではない。

今日もいた、バリアな人。私たちの命綱でもある手すりを握って、立ちどまっている人だ。私は階段を踏みはずさないよう気をつけながら、その人を回り込んで前に出る。普通の人には取るに足らないことでも、私にはものすごく難しい。バンジージャンプするくらい緊張する。次の瞬間、転落していく自分がちょっと頭をよぎったりして……。

最低なのが、歩きタバコをする人だ。以前、「火を振り回しているのと同じだ」というテレビスポットがあったが、火を避けようにも、とっさに体が反応しない人がいることを、この人たちは考えたことがあるだろうか。障害者や高齢者じゃなくても、タバコを持つ手の高さにちょうど頭がくる幼児だっている。

ほかにも社会における疎外感を感じることはいくらでもある。日常使う製品のパッケージなど、その形態に困りはてることも度々だ。

「左の麻痺でよかったですね」とよく人に言われるけれど、両手でないとできないことがこんなにあることも、障害を持って初めて知った。

惣菜《そうざい》のパッケージのふた、それをぴっちりと覆《おお》っているラップフィルム、ペットボトルのキャップ、卵のプラスチックパック。片手が麻痺していると開けられないものだらけだ。片麻痺にかぎらず、慢性関節リウマチの患者さんもきっと苦労されていることと思う。

細かい話だが、パン屋のトングもじつはバリアである。左手でお盆が持てない人間も、この世にはいる。

こんなことでいいの？

高次脳機能障害について調べはじめたとき、この障害を取り巻く現実の厳しさに、私は正直愕然《がくぜん》とした。悲しいことに、その状況は今もあまり変わっていないと思う。

手術は成功、一命はとりとめた。脳外科的には、これ以上することがない。というわけで、医師から「もうずっとこのままです」と説明されて終わるケースのなんと多いことか。障害があることさえ気づかれず、家族にも知られないまま放置され、何十年という時を過ごしてきた人を、私は知っている。

頭は打ったけれど、血は出ていない。CTに異常がない。意識もあり、話もわかっているようだ。それなのに家に帰ったら、話さなくなっていたり、なにもする気がしない様子でぶらぶらするだけだったり、理にかなわない行動をとったりする。反応が鈍く、物忘れもひどい。

ときには周囲から、「頭がおかしくなった」とか「ボケたんじゃないか」とか「別人のように人格が変わってしまった」とか言われ、社会からはじき出される。

まわりの理解さえあれば、まだまだ社会で活躍できるはずの多くの人が、家に閉じこもって暮らしている。

確かに、歯を磨こうとしてはみがき粉のチューブを口に入れる姿を目の当たりにすれば、まわりの人はびっくりするだろう。おそろしくバカな人間に映るかもしれない。障害を負った人が、それ以前には社会的に高いとされる地位についていたりすると、そのギャップも大きいから、周囲の人はうろたえるだろうし、どう扱っていいものか戸惑うのもわかる。

だが多くの場合、彼らは知能が低下しているわけではない。むしろそれだけに、自分の失ってしまった機能がよく理解できる。簡単なことさえ満足にできなくなってしまった驚きと無能感は、当の本人がいちばん感じているのだ。客観的に自分を見つめられる分、精神的に追いつめられやすく、ストレスも大きい。現に自殺者も多いと聞く。さらに世間の冷たい風が追い討ちをかける。目に見えるハンディキャップのある人に対しては、たいていの人間は思いやりをもって接し、困っていれば手を差し伸べるだろう。だが脳の故障は見えないだけに、障害者であることがわからない。だから失敗すると、露骨《ろこつ》にいやな顔をする。ぞんざいな扱いを平気でする。福祉的な保障の対象にすらなっていない。

中年男性を筆頭にこれだけ脳卒中予備軍が多いこの国で、本当にこんなことでいいのか？　と私は問いたいのである。

患者のやる気をそがないで

日本には、少数の例外をのぞいて、この病気をきちんと理解している医師はほとんどいない。専門的に治療が行える医療機関も極端に少ない。

脳外科医をしている何人かの友人にも話を聞いてみたけれど、患者さんが実際に何に困っているのか、どんな気持ちでいるのか、本当のところはわからないまま指導やアドバイスをしていることが多いという。

その背景には、専門医の数が絶対的に少ないという問題がある。最近の学生は仕事のきつい科を選ばないため、脳外科医は不足する一方という。

だから、乱暴な言い方をすれば、脳外科医は手術の成功に全力を尽くすことはするが、生命の危機を脱した段階で、「生き返った人の面倒は見られない、そんな暇はない」と手を放す。「あとは生活に慣れていくだけです」で終わりだ。

言語障害や麻痺《まひ》があってリハビリが必要な場合は、言語聴覚士や作業療法士といったセラピストがフォローすることになる。が、ここでも充分な理解を持っている専門家がどれだけいるのか。

日常的に、高次脳機能障害の患者に接している専門職と言われる人たちは、医師、看護師、セラピストなど数多くいる。彼らは、この障害についてどうもわからないといつも思っている。患者の方から、今、何に困っているのか明確な説明でもあればいいのだろうが、この種の障害の患者は言語に障害があることが多い。ひどくすれば意識状態が悪く、コミュニケーションを取るどころではないこともある。

昔、と言っても二十年ほど前だが、脳に傷が入ったといえば、それはけっして治ることがないものとされていた。さらにそれ以前には、生命を維持することもできないと思われていた時代もあった。実際、脳の壊れた人間は生き残ることができなかったので、そういう意味において、生活上困ることもなかったのだ。

ところが近年は、医学の進歩によって、以前は間違いなくいなくなっていた種の人たちが社会に戻ってくるようになった。よくわからない人たちの登場に、脳の障害の専門職と言われる人たちはとても困っているのである。自分が経験したことのない、別の世界にいるような患者に頼られなくてはならなくなったのだから。

人の頭の中で起こっていることなどわかりっこないと思っている人たちが「先生」と呼ばれ、何か言わなくてはならない、という苦悩もよくわかるが、そういう状況で何も言えなくなってとんでもないことを口走る「専門職」が少なからずいるのである。脳障害の患者のことを「ポンコツ」とか「オンボロ」とかと言ってしまう医者もいる。

セラピストは本来、患者が日常生活に早く戻れるよう、励ましながら専門的なリハビリを施すことがその役目のはずである。ところが案外、不用意な発言で患者のやる気をそいでしまっていることが少なくない。「そんなことじゃ、やっていけない」とか「できませんよ」とか、あまり軽々しく言ってもらいたくないものだ。脳の機能低下に戸惑い、困っているのは本人なのだから。客観的立場で自分を見ている相手から「ダメそうだ」などと指摘されると、本当にもうダメなのか、と思ってしまう。

完全に元のようにはならないかもしれないが、絶対に治らないと、わざわざ太鼓判を押す必要性があるのだろうか。命は落とさずに済んだ、という事実を喜んではいけないような言葉を投げつける関係者は多いと聞く。自分がこの障害を理解できていないことへのごまかしなのかもしれないが、人が少しでも希望を持って生きようとすることを妨害しないでほしいと思う。

横柄な医師、高齢の患者さんをまるで赤ん坊か幼児と勘違いしているかのような看護師など、患者を自分よりも劣った人間のように扱う医療関係者が多いことも、患者の立場になってあらためて実感した。

高次脳機能障害では、子どもでもできるような簡単なことができなくなったり、思ったことをうまく表現できなくなるケースがよくある。だからといって、知能や精神まで子どもに戻るわけではない。

認知症と明らかに違うのは、「自分が誰だかを知っている」という点だ。患者自身が自分を客観的に見つめることができるのだ。それに加えて、自分の行動にもかなりの自覚がある。理にかなわない行動をとったとしても、説明すれば納得するし、反省もする。その手間を省いていきなり怒っては、患者はただただあっけにとられるだけである。

しかも自意識があるから、悲しくもなる。その結果、回復への意欲も減退する。いいことは何もないのだ。だから、周囲の人はとくに気を遣ってほしい。

大人としてのプライドは、心の中にしっかりと残っている。怒鳴られれば悲しいし、どうせ聞こえないだろうとベッドサイドでいやみを言われれば悔しい。人間としての誇りまで、どこか遠い過去に置き忘れたわけではないのだ。それを守るために、私たちは自分の障害と向き合い、落ち込みながらも、なんとかがんばろうとしている。そこのところをわかってもらいたい。ひとりの人間として扱ってもらいたい。

私自身が高次脳機能障害と生きている生活の中で、きれいさっぱり治ることは難しいのもわかるが、生命を拾ったその時を境にして悪くなっていく障害ではなく、良い方向に変化していくということを身をもって知り、回復は生きている限りずっと続いていくものと考えている。さらにいえば、回復はあきらめた瞬間に終わるものと思っている。

リハビリは想像力

そして、家族やセラピストの方々にお願いである。

どうか、やたらと叱責《しっせき》したり、「しっかりしなさい」とお尻を叩くのを控えていただきたいと思う。前にも書いたかもしれないが、たとえば前頭葉《ぜんとうよう》にダメージを受けると、やる気はそう簡単には出てこない。「ガンバレ」と言われて、「ハイ」とがんばれるような病気ではないのだ。

なんだか「のろのろ」しているように見えて、イライラする気持ちもわからないではないが、怒ったところで回復が早まるわけではない。また一見ボーッとして、反応が鈍いようでも、感情がないわけではなく、ひどいことを言われれば、心は傷つく。結果的にやる気がなくなり、ますます悪い方向へと進むだけだ。

できなくなったことばかりに目を向けるのではなく、現状で「これもできる」「あんなこともできる」ということを探し、患者さんのプライドを尊重しつつ、サポートしていただければと、切に望む。

高次脳機能障害者を取り巻く人々にもっとも求められているのは、「自分が同じ立場ならどう思う？」という想像力である。

相手の気持ちを考える思いやり。相手の心に寄り添うやさしさ。心理学というほどおおげさなものではなく、小学校の道徳の時間に出てきそうなレベルの話だろう。

セラピストにしても、大切なのは国家資格でも、特別な知識や介護技術でもない。この人はいったい何にストレスを感じて、ここでこうしてうずくまっているのだろうと慮《おもんぱか》る気持ちなのだ。

もがいても、もがいても、体が動かないとしたら、誰だってもどかしく感じるだろう。それと同じことが自分の脳の中で起こっていると考えてほしい。疲れきっているとき。

眠くてしかたがないとき。

起きぬけで頭のエンジンがかからないとき。

極度の空腹で頭がボーッとしているとき。

酔っぱらって立ち上がれないとき。

そんなとき、どうにも脳細胞が動きださないと感じることはないだろうか。

いっぽうで、「これじゃいけない」と冷静に思う自分を自覚する経験はないだろうか。

私たちの場合、その両方がいつも頭の中に共存しているのだ。そのことを柔軟にイメージしていただければ、うれしく思う。

自分の主人は自分

反対に、症状を案じるあまり、「いいのよ、何もしなくて。病気なんだから」と大事にしすぎるのも考えものだ。それで社会に出そびれて、引きこもってしまうケースもある。

また、患者側もリハビリを人まかせにしてはいけない。「リハビリの先生が充分にリハビリをしてくれない」という不満もよく聞くが、リハビリをするのは自分なのだ。自分の困難の本質をいちばんよく知っているのは自分なのだ。

リハビリですべきことは、自分がいちばんやりづらいこと。そして、よく起こす失敗を繰り返さないために訓練すること。どういう方法でそれを訓練すればいいかの助言と、危険防止のための付き添いがセラピストだ。

瀬戸内寂聴《せとうちじゃくちょう》さんが書いた文章に、「自分の主人は自分である」というのがあったが、まったくそのとおり。リハビリとはアビリティー（能力）を再び取り戻すことだ。脳の機能を取り戻そうと思ったら、脳を使えばいい。今までできていたことなら、そこまでつながる道筋が脳にはある。それを呼び戻せるのは、自分以外にはいない。

ちょっと考えてみれば、セラピストなしでもやれることはいっぱいある。たとえば今の私は左側にあるものを見つけにくい。活字などの行を、左に向かって追いにくい。では何をするか。とにかく本をたくさん読んで、左の行へ、左の行へと目を転じる練習をする。

また、序列順列の概念がわかりにくく、たとえば辞書を引いて、どの字が五十音順の早い字で、どっちが前でどっちがあとか、なんてことを一瞬で見当をつけることが難しい。少しでも早い判断力をつけるため、まめに辞書を引くことは私のリハビリとして、とても有効だと思っている。

左手が動きにくいので、エレベーターのボタンを左手で押してみる。荷物は左手で持ってみる。「できない」と言ってしまうのは簡単だけど、うんと小さい子どものころ、歩けないで生まれたはずの人間が、生活の中で当たり前に歩けるようになってきた自分の歴史を思い出そう。ちょっと練習すれば、またできるようになることはいくらでもある。成長のし直しだと思えばいい。

「患者なんだから、医者の言うことを聞いていればいい」というのは、かつての日本人の悪いくせだ。私の父が医者をしていたとき、病気の説明をしようとしても「いえ、もう先生におまかせします」と言って、話すのを遮《さえぎ》るような人もたくさんいた。

自分の体のことなのだ。誰かがうまくやってくれるだろう、なんて思うのは無責任だ。自分の命や人生に対する冒瀆《ぼうとく》にも思える。自分の症状をきちんともれなく診《み》ることは、当事者ではない医者やリハビリ医には難しいだろう。自分自身がいちばん優秀なリハビリコーディネーターになれるはずだ。専門家の言うことはあくまでも参考意見としてありがたく聞いて、自分の症状にきちんと向かい合ってみることを、脳卒中患者のみなさんにはおすすめしたい。

ちょっとしんどいことだが、これからの人生を自分でしっかり生きていくためにも、勇気をもって、自分を自分で認識、管理制御しなくてはならない。

第6章

普通の暮らしが最高のリハビリ

奇跡的回復

脳外科医である義兄によれば、私ほどの奇跡の回復を遂げた者は、そうそういるものではないそうだ。確かに百五十グラムもの血の塊を頭から取り除き、一時は絶望視され、うまくいっても一生植物人間かと思われた人間が、なんだかんだいっても社会復帰していることを考えれば、奇跡の名に値するのかもしれない。

それ以前にこんなに何度も脳卒中《のうそっちゅう》を繰り返しながらまだ生きていること自体、すごい。

だが現実に、これまで述べてきたような障害は残っている。私の場合は病巣《びょうそう》が、前頭葉《ぜんとうよう》、頭頂葉《とうちょうよう》、後頭葉《こうとうよう》、側頭葉《そくとうよう》と広範囲に及んでいるので、詳細に数えあげたらきりがないほどだ。自分では障害と気づかず、迷惑をかけていることがほかにもあるかもしれない。

やたらと気《き》が利かない女になってしまったという自覚もある。失敗も多く、とっさにリカバリーできないことも頻繁《ひんぱん》にあって、情けないったらありゃしない。職場での失敗も、うちに戻ってコーヒーを飲みながら「ああ、そういえばまずかったね」と気づくのろさ。

先日、近所の公民館で「子ども映画会」があったときもそうだった。雨の中を子どもといっしょに歩いていたら、隣のクラスのお友だちのお母さんが「足元悪いから、帰りはうちの車で送りましょう」とご親切に声をかけてくださった。それなのに、「帰りはタクシーでそのまま塾に行くから」と返事をしてそれっきり。「ありがとう」のひと言もなく、ものすごく失礼だったとひどく反省したが、いかんせん気づくのが遅すぎた。

一時が万事、この調子だ。それでも日常生活はなんとかこなせるようになってきたし、障害とのつきあい方もコツをつかんできたようだ。ものを探すときは、とにかく左を徹底的に探し、それでもだめなら違う方向からながめてみる……。そんな小さな工夫の積み重ねで、だんだんとスムーズにことが運ぶようになってきた。

基礎体力もついた。施設内の回診は毎日おこたらないし、子どもの習い事への送り迎え、徒歩十分程度のスーパーへの買い物。これらをトータルすると、結構な運動量になっている。

呂律《ろれつ》が回らず抑揚《よくよう》のなかった話し方も、かなり普通になったと周囲の人はほめてくれる。意思の疎通《そつう》ができにくいお年寄りを相手に、嗄《か》れるほど声を張りあげてしゃべりまくっているのがリハビリになっているようだ。

「医者はしゃべってなんぼ、笑わせてなんぼの商売」という、亡き父から学んだ哲学がここにきておおいに役立っているのかもしれない。

神秘の脳

以前、人からこんな話を聞いたことがある。言語優位半球である左脳が損傷を受け、重篤《じゅうとく》な言語障害が出たにもかかわらず、時間が経ってから、急にしゃべりはじめる例があるという。画像診断によれば、右脳の中に血流の供給を受ける新しい組織が出現し、言語的刺激に対して血流が微妙に増えるという反応を見せたというのだ。

つまり本来、言語中枢とは無縁の右脳の中に新しい組織が生まれ、それが左脳に代わって言語機能を担うようになったというのである。まさに生命の神秘。恐るべし、脳の力。

思えば私の持病であるモヤモヤ病も、脳のどこかで血流が悪くなって、「苦しいー、酸素くれー」となったときに、どこからともなく新しい血管が生えてくるわけである。

急ごしらえのモヤモヤ新生血管

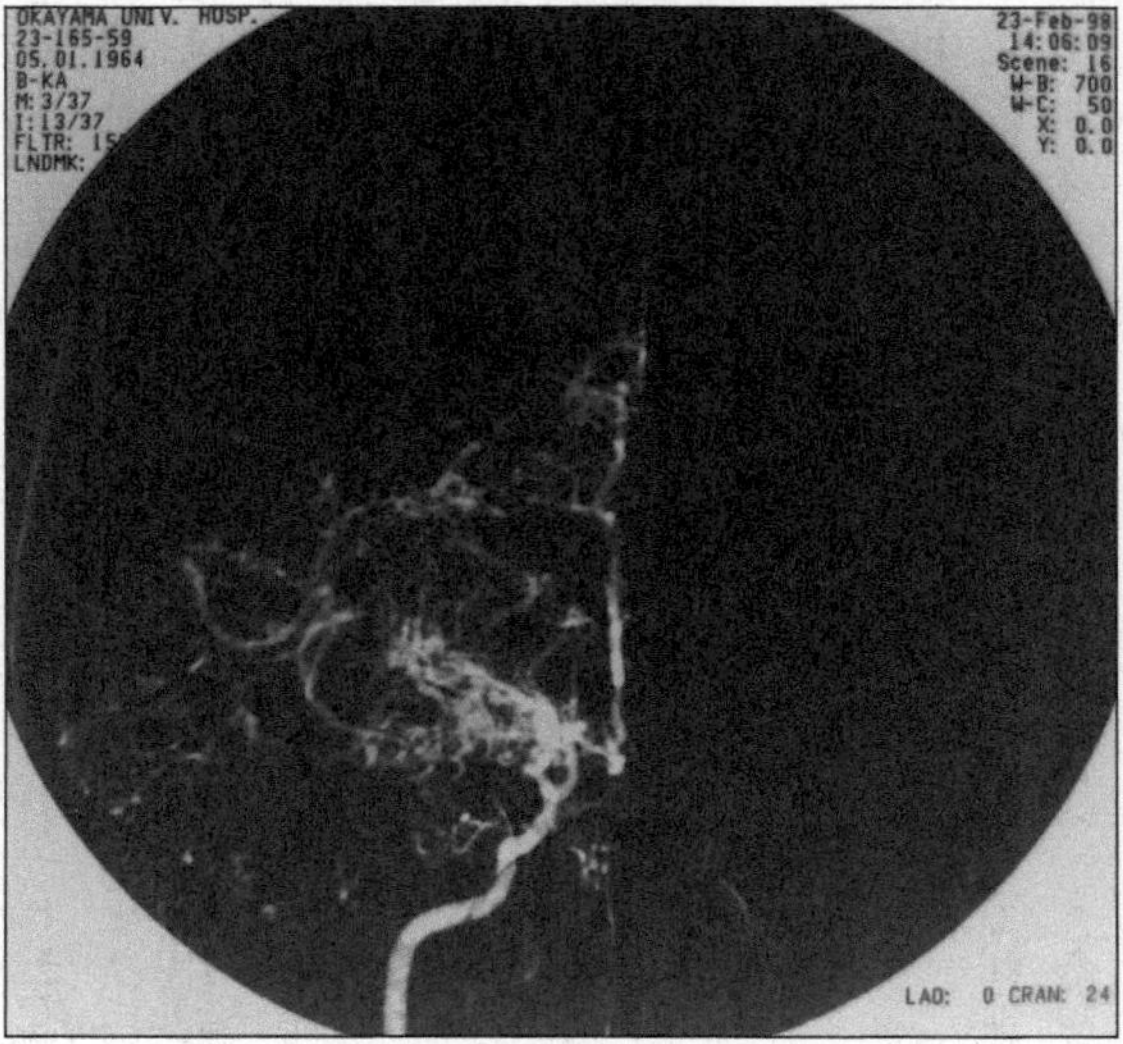

1998年に脳出血を起こし、術後に転院した際に撮影した右内頸動脈血管。大脳基底核部を中心に、異常血管網、すなわちモヤモヤ血管が認められる。これはモヤモヤ病の所見でもあり、左側にも同様の血管網が認められた。

資料提供／片木脳神経外科

細くて詰まりやすく切れやすい血管ではあるが、もっといい血管ならよかったのに、なんて文句は言えない。私はこの血管のおかげでここまで生きてこれたのだ。

手術の際、執刀《しっとう》した義兄は私の脳を見て、新生血管があまりに発達していて驚いたという。急ごしらえの血管はものすごく巧妙にネットワークを作っていて、それを傷つけぬよう血の塊を取り除くのに苦労したらしい。

「よく考え、よく使ってきた脳だったよ」と言ってくれた。体のほうで私を死なせぬためにこんなに努力してくれていたのに、私はちゃんとまじめに生きてきただろうかと、妙に神妙な気持ちになったのを覚えている。

モヤモヤ病にかぎらず、脳は出血や梗塞《こうそく》で血が足りない状態になると、自然に新しい血管が生えてきて血流をまかなっていることが多い。脳を使おうという刺激で血液の需要が高まると、血管は先へ先へと伸びようとするらしい。同じように脳細胞もまた、使えば使うほど、それが刺激となって新たな細胞を形成し、故障部分を修復してくれるのである。

最近、左の手足の先に、ジンジンする感じが強くなっている。長時間の正座のあとで麻痺《まひ》していた感覚が戻ってくるときの、あの感じである。これは脳出血によっていったん死んだ組織の中に、グリア細胞という神経の信号をつなぎあわせる細胞が増えてきて、再び情報が電気信号として脳内を走りだしたということを示している。私の脳は確かに目覚めている、ということを実感として感じる。

人間の体や脳は、こちらが想像する以上にたくましく、精巧なコンピュータよりも優秀にできているものらしい。脳卒中を繰り返すにつれ、賞讃と畏怖《いふ》の念を抱かずにはいられない。私はその力を信じている。だから、まだまだあきらめない。

時間の経過が必要

ある日、息子が、「お医者さんの番組やってるよ」と教えてくれた。テレビを見ると、失語症がテーマだった。あまり目新しい話はなかったが、「失語の回復には二年以上のリハビリが必要」という言葉には同感した。経験者として、そう思う。

失語もその他の脳機能障害も、リハビリの問題とは別に、純粋に時間が経つことが重要な回復の要件なのだ。もちろんある程度の時間を過ごすうち、なんらかの刺激を受けて頭を使うことになるから、結果的に訓練したことにはなるだろうが、そういうことではなく、ただじっとしていても、時間の経過とともに霧が自然と少しずつ晴れていく感じがある。

その長さは人それぞれであろうが、経験からは、二年を超える時間のように思う。二年を過ぎたころから、それまでは問題解決の答えを見つけだすのに、あっちを探したりこっちを探したりして「やっと」という感じだったのが、急激に近道を通ってすっと答えに到達する感じになった。

このことは、以前に勤めていた伊予病院でも、ずいぶん多くの患者さんに話した。「来年のあなたは、今とは全然違う人。再来年のあなたは、もとのあなたにとても近い人。私がその二年目の患者よ」と自慢げに言ってまわっていた気がする。

脳を使うとまずその細胞は、活動の燃料というべき糖分と酸素を渇望する。これがどのようなサインとして新しい脳細胞を形成するきっかけになっていくのかわからないが、脳は使えば使うほど故障部分を修復し、新たな細胞を形成し、発達するものらしい。

脳卒中でかつて持っていた能力を急激に失うと、それを現実として受け入れるのに時間がかかり、ともすれば絶望したり、投げやりになったりしがちである。だが脳の損傷は、合併症を管理し、全身の状態を整えて再発のないように暮らしていけば、「一病息災」で、時間が必ず味方をしてくれる。時間と脳を使いたいという刺激がそろえば、多かれ少なかれ回復が望めることを忘れてはならない。

私の場合も前回の回復の経緯を考えると、まだまだ回復の余地があるのではないかと期待している。もちろん日常生活の幅を広げていくことを前提に、徐々にではあるけれども……。

現に今も、日々失敗はするものの、物事のオリエンテーションはつきやすくなったし、確実によくなっているという実感がある。施設のお年寄りの顔と名前を全員一致して言えて、健康状態も把握できるようになったということは、学習能力がある証拠。これからまた新しい勉強もできるはずで、先が楽しみである。

左手の麻痺も少しずつよくなってきている。最初は何か物を触っても、手袋を何枚も重ねているかのように、その感触が伝わってこなかった。それが長時間の正座のあとに足がしびれるようなビリビリとした感覚が、わずかながら戻ってきているのだ。

伊予病院に就職してしばらくしたころ、アルバイト帰りのバイク事故で脳挫傷《のうざしょう》を負った女子大生が入院してきたことがあった。別の病院で初期治療がなされ、もうこれ以上の回復はないと見放されるような形での転院だった。傷跡もまだ生々しく、年齢がわずか十九歳だっただけに、霧の中で呆然《ぼうぜん》とたたずんでいる様子が痛々しかった。

ご両親の心配も手に取るようにわかる。紹介状を見ると前の医師は、「もう脳外科的には治療の余地《よち》はない」と強調してあった。この調子でご両親や本人にも絶望的な説明がなされたのだろうと容易に推測できた。

このとき彼女は、受傷からわずか一～二ヵ月。この若さでもうこれ以上の回復がないとどうして思えるのか。私は胸が痛んだ。

私の担当ではなかったけれど、どうしても話がしたくて、病室を訪ねた。

「長い目で見れば、状況が変わっていくのがきっとわかります。先月の自分と今月の自分が違うことがわかってきます。それで二年も経てば、普通のことはたいていできるようになりますよ。だからがんばって」

そう言うと、彼女は顔面神経麻痺で開きにくい目をこちらに向け、表情は乏《とぼ》しいものの、とぎれとぎれに、「ホント？　ナオル？　アリガトウ」と言った。

そのあと、彼女のリハビリが軌道に乗ったところで、私はまたしても脳出血で倒れ、職場を去ることになったので、残念ながら彼女のその後を知らない。だがあのときの彼女の声は、いまでもはっきりと耳に残っている。

あれからもう十年以上の月日が経つ。若い分、その回復力は、私の比ではないだろう。いつかどこかで、すてきな女性に成長した彼女に会ってみたい。

回復に必要なもの

時間のほかにも、回復に必要なものはもちろんある。まずはリラックス。

脳卒中後は、筋肉の過緊張が起こりやすく、その弊害を克服するためのリラクゼーション訓練はもっとも大切なリハビリのひとつと言われている。

そうでなくても、認知異常があると一日中、間違った一歩を踏み出してひっくり返りはしないかと背筋を寒くしながら生活することになるので、やたらと疲れる。ただ立っているだけでも、自分がしっかり立っているかどうか確信が持てず、なにもないのに突然よろめくこともある。何かしようとするときはいつも、次の瞬間に悲劇的な失敗をしてまわりに迷惑をかけやしないかと、緊張が緩《ゆる》むときがないのだ。一日を終えると、体はコチコチである。

だからもっとリラックスしなくては、とつねづね思っていたのに、ぎっくり腰をやってしまった。筋力の低下もあるのだろうが、左半身が麻痺を起こしてから、ものを持つのが右手に偏《かたよ》ったり、体が傾いたりしがちだった。腰に変な力がかかるなあと思っていた矢先に、落ちているものを拾おうとして、ぎくっときたのだ。整形外科医としては情けない限りである。

このぎっくり腰がさらなる筋肉の過緊張を誘発して、疲れのもとになる。

そんなわけで、目下のマイブームはリラクゼーション。日々ストレスを解消し、自分を快適な状態に置くことに余念がない。うまくリラックスできると、血圧を上げる要因である肩凝《かたこ》りまで解消され、脳血管をいたわる意味でも調子がいい。

そして、もうひとつ大切なのが栄養。

脳出血後は、とにかくおなかがすく。妊娠のころを思い出すような食べっぷりになる。

ところが高次脳機能障害で動きが鈍くなっている患者の家族は、食べることを制限する傾向がある。「たいして動かないのに、食べてばかりじゃ太るいっぽうだし、体にも悪い」というわけだ。

だが壊れた脳は、修復に必要な栄養を欲している。大人になったらもうそんなにたくさん必要がないものでも、壊れて一から成長し直そうとしている脳には、糖分、たんぱく質、脂肪、カルシウムがたっぷり必要だ。ダイエットなんて厳禁なのである。

脳の栄養学に関する本を読んでいたら、肉を食べてトリプトファンを摂《と》れと書いてあるのを見つけた。トリプトファンは精神安定作用のあるセロトニンの材料である。急に障害を負って、受け入れられずにうつ傾向にある脳卒中患者には、肉、魚、牛乳などトリプトファンの豊富な食品が必要とのことだった。

それに、脂肪酸は至福感をもたらすらしい。そのうえ神経細胞の成長には、コレステロールが欠かせないのだ。

なんでもすぐにその気になりやすい私は、気持ちがふさぎがちになるときは子どもと二人、外にステーキを食べにいくことにした。デザートに甘いものも食べて、「今日は脳に完璧《かんぺき》にいい食事をしたね」と満ち足りて帰途につく。自己満足かもしれないが、その満足が大事だと思っている。

からっぽの右脳を埋める

リラックスに関係するアルファ波が私を救うこともわかった。もちろん脳波の話だ。リラックスして快感を覚えているときや、無心に何かに没頭しているときに出る脳波だ。このアルファ波が、集中力、注意力、記憶力を引き出し、高める原動力となるらしい。ご存じのとおり、左脳は言語の脳、右脳は音楽や芸術など、感覚的なものをつかさどる。私の場合、右脳がからっぽだ。

そんな私に必要なのは、心のなごむ音楽や幸せな気分や感動を与えてくれる芸術に触れること。要するに、右脳をもっと刺激し、動かし、その機能を埋めていくことだ。

まず始めるのは、絵、英語、歌といったところだろうか。絵はもともと好きだし、得意だった。とりあえずデッサンから始めようか。スケッチブックを買ってくれば、ひとりでも始められる。英語は読んで学ぶのではなく、耳で覚える英会話だ。これは右脳ではなく、言語を音声で聴いて理解する左脳の「ウェルニッケ領野《りょうや》」を、聴いて学ぶことで鍛えようという魂胆だ。

歌も右脳の刺激になる。音感は右脳の役割だ。あまり有効利用したことはないけれども、私にはかつて絶対音感があった。それが今は壊れてしまって悲しいほどの音痴である。歌を習ううちに音感が戻るかもしれないと期待はふくらむ。

先日、言語聴覚士の先生が面白いことを教えてくださった。音楽などでリラックスしてアルファ波が出ているときには、「海馬《かいば》」などの記憶中枢が活性化されているため、暗記などがスムーズに行われるのだそうだ。

それを聞いて、医師国家試験の勉強中、一回もテレビのスイッチを切らずに過ごしたことを思い出した。そのほうが、能率が上がるように感じたからなのだが、もしかしたら適当にお笑い番組を見ていたことでリラックスし、アルファ波が出ていたのかもしれない。

とにかくからっぽの右脳を埋める何かを始めること。それが私のリハビリになるだろう。

人間は脳みそを一割ほども使わずに生きているという。それが私には不思議に思えたものだが、今の私の脳は確かに半分死んでいる。だけど一割しか使わないなら、まだ半分も残っているのだから充分なのではないか。これをフル活用すれば、けっこういろんなことができるはずだ。

速聴と速読

続いてトライしはじめたのが、「速聴」と「速読」の訓練だ。速聴や速読の刺激が右脳の活性化につながるという話を聞き、速聴の訓練セットを購入した。

音の回転数を速くして聴くことになれておくと、まわりの時間がスローに感じられて判断が速くなるという理論に納得して始めたのだが、効果のほどはまずまずといったところ。少なくとも、頭の中の霧が晴れるという感覚はある。頭の中がすっきりと澄んでくる。

ひととおり聴くと脳をつかった証拠なのか、頭に酸素不足感というか軽く走ったあとの疲労感に似た感覚がある。

しばらく四倍速で聴いてみたところ、だんだん慣れて聴きやすくなり、三倍速に落とすと相当遅く感じるようになった。この調子で自分のまわりで起こることを遅く感じられるようになれば、何に対しても落ち着いて、余裕をもって判断したり処理したりできるのだろうが、即刻バリバリと頭の回転が上がるとは思えない。

しかし、速聴をしたあとで行ったリハビリの際、言語聴覚士の先生に「今日は調子いいですね」と言っていただいたので、少しは効果が出ているのだろうか。自分でも計算が速くなったとは感じた。

テレビをつけっぱなしにして国家試験の内容をちゃんと頭に残せていたころには戻れないかもしれないが、少しでも改善されれば儲《もう》けものだ。そのくらいの気持ちで、あまり多くを期待せずにもう少し続けてみようと思っている。

速読は、いっぱい本を買い込んできて、一日一冊のペースで文庫本を読むようにした。仕事の合間だったり、息子がゲームコーナーで遊んでいる間のショッピングセンターの片隅のベンチでだったりするのだが、わずか十分程度でもけっこう読める。

といっても、一文字一文字きっちり読むのではない。そういう読み方は言語優位脳である左脳の仕事である。

速読では開いたページ全体を一パターンとして目に焼きつける。形をとらえて記憶するのは右脳の仕事である。右脳はイメージの脳でもあるため、いいかげんに斜め読みしているわりには、その内容が記憶に残る。本の内容を、もともとあるイメージと結びつけて解釈しているのだろう。ある意味では、早とちり、早飲み込みをしているだけかもしれないが。

「速読は、大量の情報を短い時間で脳内に取り込む方法で、それには右脳の助けが不可欠だ」とある本にも書かれていたが、右脳を活性化するには有効だと、私も実感している。さらに速読の目的は、脳全体の活性化にある。開いたページの像を瞬時に目に焼きつけるとはいうものの、目は文章を追っている。キーワードや自分の潜在的な記憶と呼応するものが引っかかり、それが脳の活性化につながるというわけだ。

速読で能力開発や自己啓発関連の本を何冊か読むうち、その手の本に必ず出てくる説明があることに気づいた。それは、「まず自分の能力へのマイナスイメージを捨てろ」ということ。私のような脳が壊れた者にとっては、自分がある日突然に障害を抱え、いろいろな能力を失い、もしかすると半永久的にそのままであるかもしれないという現実を飲み下すのが一番難しく、それで気分がへこむとこれまでにも述べてきたけれども、確かに「もうこれじゃやっていけない」と思うところからリハビリの困難は始まるのかもしれない。

問題は、そう思ってしまうと何もしなくなるということ。生きた脳みそがほんのひとかけらでも残っていたら、いずれはずっとよくなる可能性があるのに……。

何度も言うようだが、経過も人それぞれで、どれだけよくなるとは簡単には言えないが、共通して断言できるのは、時間がある程度必要ということ、たとえ脳の大部分が壊れたとしても、少しでも生きている脳みそさえあれば、これから新しいことを覚えていけるということ。「もうだめだ!」と投げてしまったら、それがあなたのゲームオーバー。

大脳の傷だけでは、なかなか命までは取られないので、それからの一生をどう開き直って生きていくかが課題となるのだろう。命を取られる病気なら、それはそのほうがスッキリして苦しまなくていいなどと思う人が必ず出てくるのだが、やっぱり「命あってのものだね」と私は思うのだ。おいしいものを食べたり、楽しいことがあったりすると、「貧乏神だか疫病神だか死に神だか知らないけれど、私のたった一度の人生に指一本触れさせるもんですか」と息巻いてしまう。

とにかくいろんなことを気にせずラフに生きていこう。もしこれを読んでくださっているあなたが脳卒中後だとしたら、私がよくいう、「二年半経ったら普通の人」というものすごく大雑把な目安も参考にしていただきたい。

周囲の人は、「そんな時間、すぐ過ぎちゃうわよ」と言ってあげてほしい。それで三年目には、「もしかしたら今日は私の三回忌だったかも」と笑ってほしい。これこそが、前にも書いた「勝利宣言」。生き残ったぞーという叫びである。

脳の静かな声

最近、新手《あらて》のリハビリを始めた。子どもが宿題に持ち帰った「百ます計算」である。縦横十列に並んだ百個のマスに、一番上と左端に書かれた数字を足したり掛けたりした結果を書き込んで埋めているものなのだが、これがなかなか骨が折れる。あえて右から始めて左へ左へと進んでいくようにすると、左目がひとつの行をたどるのをいやがるのがわかる。

毎日同じ問題を二週間続けると、子どもの計算力が驚くほどアップするそうで、子どもの脳が繰り返しで活性化されるなら、私の脳だって、と思ってやりはじめたものだ。以前は過去の記憶がいっぱい詰まって、私の脳にはもうあまりキャパシティがなかったと思うのだが、脳が壊れていろんな記憶が抜けた分、これから充塡《じゅうてん》していく余地が作られたのではないかと都合よく解釈している。

計算しながら行を左へとたどっていくと、「ああ、難しい」といつも思う。だがこの困難感が大切なのだ。負荷がかかることで、脳はもっと神経細胞を増やさなくてはと思うだろう。突起を伸ばしてネットワークを広げようという気になるだろう。

以前私の友人が、「難しいことを考えると脳が沸《わ》く」というようなことを言ったことがある。なるほどぴったりな表現だと思った。難しいことを考えるとき、きっと脳はフル回転して、血流がアップして、こそばゆいような変な感じがするのだろう。

速読や速聴の練習をしたあとと同様、百ます計算をしたあとにも脳に軽い酸欠感がある。あまりやりすぎると、翌日起き上がれないくらい疲れる。

難解なことを理解しなくてはいけない時、どうしても思考がついていかずに、頭の中の混乱をまとめることができずに冷や汗をかくような時、誰しもこんな感じなのではないかと思う。脳が血流を要求するような、歯がゆい思いの時、なんとなく頭で何かが起こっているような気がしたりはしないだろうか……。私の場合はモヤモヤ病という病気もあるため、血行動態が普段と違うな、という微《かす》かな変化を感じないでもない時があり、「脳が沸く」という表現に少し興味を覚えた。

脳はけっして無言の臓器ではなく、栄養の要求もさることながら、よくよく耳を傾けてみると、けっこういろんなことを語ってくれているのだ。脳が沸くのも酸欠も、難しい宿題を与えられて知恵を絞り出そうとうんうん唸《うな》っている、脳の静かな声なのだと思う。

子どもの脳といっしょに、私の脳も育てていこうともくろんで始めた百ます計算は、すでに息子の圧倒的勝利に終わる日々が続いている。子どもとの脳の発達競争に置いていかれる日も、そう遠くない気がする。

カミングアウト

「奇想天外な世界に入っちゃったぞ」と思ってから、十年以上もの時間が流れようとしている。その間に、私は少しずつ回復し、医師として復帰したと思ったらまた脳出血に倒れ、それにも懲りず社会に戻ってきた。

これまでいろいろと意識して「自分流リハビリ」を実践してきたのだが、なんといってもいちばんのリハビリは社会復帰だったと思っている。リハビリのための仕事なのか、仕事のためのリハビリなのかは「ニワトリと卵」の議論だろうが、失敗を繰り返しつつも、毎日の仕事の中でよくなったと感じる脳機能はたくさんある。

先日、テレビで恐竜の番組をやっていた。恐竜の中でも空を飛ぶ翼竜《よくりゅう》は、脳がとても大きいのだそうだ。それは翼竜の生活圏が三次元の世界に及んでいて、さまざまな知覚を駆使し、外界からの情報に対応せざるを得ないからだと説明されていた。

人間だって同じことだ。寝ているより座っているほうが、座っているより立っているほうが、立っているだけより普通に行動しているほうが、確実に頭を使う。視覚もさることながら、自分の姿勢の認知だの、状況判断だの、ただ寝ているだけでは入ってこない知覚の入力がたくさんある。

だからこの障害に陥ったみなさんのできるだけ多くが、自分の足で立って社会に戻ってくださることを私は願っている。冒されていない脳機能がたくさん残っているのに、家に引きこもっているとしたら、こんなもったいないことはない。

現実の世界を遠巻きにして、もじもじするばかりでは、復帰のチャンスはほとんどなくなってしまう。状況が許されるなら、思い切って社会に戻ってみる。それから少しずつ慣れていけばいい。絶対によくなることを信じて。

「そんな気にはとてもなれない」と、最初は腰が上がらないかもしれない。とくに前頭葉のダメージが大きいと、やる気を起こすことは、そう簡単ではない。

自分の回復過程を思い返せば、術後すぐのころは、自分がほんの数時間の間に何もできない母親になってしまった事実を受け入れられず、ベッドから起き上がろうともしなかった。悔しい、つらい、侘《わび》しい、寂しい、悲しい、腹立たしい。そんな気持ちばかりが胸のなかを渦巻いていた。元気で楽しかったころを振り返ってばかりいた。

そのうちに、障害を自分の一部として受け入れ、障害を抱えたありのままの自分を認められるようになった。「こんなこともできなくなっちゃったよー」と、ある意味で開き直ると、いくらかモチベーションが上がってきたように思う。

朝、目を覚まし、体を起こして、「さあ、活動しなくちゃ」という気持ちを奮い立たせる。それをいかに湧き立たせるかで、その日のクオリティみたいなものが決まり、一日一日、そうやってベッドから抜け出し、ここまで生きてきた気がする。

ただ、車いすの人なら障害のあることが一目瞭然《りょうぜん》だろうが、高次脳機能障害の人には身障者マークがあるわけじゃなし、まわりの人にはわからない。だから周囲から受け入れられるためには、障害のことをカミングアウトしたほうがいいと私は思う。

カミングアウトするとは、私の経験から言うと、自分の障害を受け入れることだ。そのまま認めて自分の一部として受け入れること。だからこそ、私、こんなことができなくなっているんですと説明できる。

事故で脳挫傷《のうざしょう》を負ったビートたけしさんの本に、退院時の記者会見でどういう顔でテレビカメラの前に出るかと社長と話したというくだりがあった。そのとき、たけしさんはこう言ったそうだ。

「オレにはオレの顔しかない。目が動かず、麻痺《まひ》した顔がオレの顔だ。その顔を見た世間がどう思うのかは、考えてもしかたないだろう。思いたいように思わせておけ」と。

それが理想だ。誰もがそういうふうに開き直ることができればいいけれど、なかなかそうはいかない。これまで生きてきて培《つちか》った自信とか哲学とか、そういうものが出てしまう。

しかし、「なんでもできます」という顔をして大失敗するよりも、あらかじめ「これはできません」とオープンにしたほうがストレスも小さく、スムーズにことが運ぶだろう。

私も職場で、「脳卒中の後遺症で、うまく記憶できないんです」などと言っているので、みなさんがいろいろとフォローしてくださって、大きなミスを免《まぬが》れている。自分をさらけ出しておけば、なんとかなる。

正直に、「私はこういうことで困っています」ということを伝えておいたほうが、周囲も理解しやすく、手も差し伸べやすいだろう。けっして職場のお荷物ではないと言えるだけの仕事も、少しの理解と手助けがあればできるのがこの障害の人である。

「ボケてますから」

もっとも、簡単に理解してもらえるとはかぎらない。専門家と称する人たちや脳外科医ですら、実際のところは理解できていないことが多いのだから、ましてや一般の人には、壊れた脳の世界など想像できなくて当たり前だ。

時計が読めない、書類を順番どおりに並べられない、食べ物をうまく飲み込めず食事が遅い……。その理由を察してくれる人など、まずいない。

加えて、自分よりも明らかに劣る人間を叱責《しっせき》したくなる気持ち、呂律《ろれつ》の回らないしゃべり方にイライラする心理は、誰にでもあるような気がする。家族にしてみれば、こういう障害のある身内は家の中に置いておきたくもなるだろう。その点、私の姉夫婦はすごい。自分たちの老人ケアホームの「施設長」という立場にあえて私を据え、人々の目にさらした。呂律の回らない口調で、人々の前で話すことを課した。奇異な目でみる人もいたことだろう。本人にも家族にも、社会復帰には、一応の覚悟が必要なのだ。
社会と関わって生きていくには、細かいことは気にしない。見ざる聞かざるで、飄々《ひょうひょう》と暮らすのがいちばんかもしれない。失敗を繰り返しても、それは自分の意思とは関係なく、病気がさせていること、障害がさせていること。いちいちめげることはないのだ。失敗したら、「ボケきてますから」と笑って言える環境があるといい。第1章の「私は非常識人」の節でも書いたが、以前、友人に果物を送ったとき、送り伝票の差出人と受取人の名前を逆に書いたことがある。そのとき友人に大笑いしてもらったことで、私はずいぶんと楽になった。それまでボロを出すまいとびくびく暮らしていたのが、急に肩の力が抜けた。

障害は、重く受け止めようと軽く笑おうと、変わるわけではないのだから、それなら笑って生きていきたい。他愛のない失敗を繰り返しては「またやっちゃった、エヘヘ……」と笑っているサザエさんのように。

私の友人たちはみな、私の障害のことを全部わかってくれているので、少々のことでは驚かない。いちいち謝る必要もなければ、叱られたり、慰められたりすることもない。いっしょに笑って終わり。これってものすごく気楽で、ありがたいことだ。

雨の日や体調の悪いときなどたまに、「あんなに元気だった私が、なんでこんなふうになっちったのよ」なんて滅入《めい》ることもあるけれど、そんなときは「グエー、気持ち悪い」とか「うつだー」とか、友人にメールを送ったり電話をかけて吐き出させてもらっている。

相手は当惑しているかもしれないが、こちらはかなりすっきり。気持ちをどこかで吐き出して、自分を楽にしてやることも大切だと思っている。それを受け止めてくれる友人や家族がいて、やっぱり私は幸せ者だ。

経験がすべて

「なんのために勉強するの」

もし子どもにそう聞かれたら、私はこう答えたい。

「脳が壊れてもちゃんと生きていくためよ」

高次脳機能障害では、その人のそれまでの人生が如実《にょじつ》に出ると言われている。脳の一部が壊れたとき、脳は残された正常な機能を総動員して壊れた部分を補い、危機を乗り越えようとするものらしい。そのため、昔とった杵柄《きねづか》にしろ、叩《たた》けば出るほこりにしろ、その人の歴史が浮かび上がってくるというのである。

その人の歴史とは、言い換えるなら、その人の積んできた経験だ。そして脳には、経験が記憶として保存されている。たとえふだんは思い出すことがなくても、幸せな経験も苦い経験もみんなしまいこまれていて、案外しっかりと長期にわたってストックしている。それをのちの人生で、必要に応じてうまく引き出しながら使ってくれているのである。

脳が壊れて貧弱な思考しかできなくなっても、わずかに働く脳細胞をフル稼働して重要な人生の選択や決断をしなければならないときがある。そのときの判断材料となるのも、やはり経験だ。経験のないことは、脳にも記憶されていない。ないものはどうやったって、引き出しようがない。

だから若くて元気なうちに、なんでも経験したほうがいい。むだな経験などひとつもない。机の上の勉強にかぎらず、本を読むことも、映画を観ることも、旅行もアルバイトも仕事もなんでも経験。知らないより知っていたほうが絶対にいい。

犯罪以外はなんでもやっておいたほうがいい。脳がいかれてから、本気でそう思うようになった。経験さえしておけば、脳はどこかに記憶しておいてくれる。あとでたくさんの部屋の中から探し出してくれる。たとえ歳をとっても、脳の一部が壊れても。

自分の脳を、偉いなあ、と愛してあげて、一生懸命使ってくれる若者がひとりでも増えることを願っている。

もちろん若者じゃなく、今は健康自慢をしている大人に対しても、思いは同じである。

今はまったく他人事《ひとごと》に思われるかもしれないけれど、脳卒中患者は確実に増えている。四十歳以上の男性の半数近くに高血圧があるとされる今、その数が減ることはないだろう。

しかも比較的若年でも、脳卒中に見舞われるケースが珍しくなくなっている。幸か不孝か一命をとりとめたら、いやでも何かしらの高次脳機能障害とつきあっていかなくてはならない。そうなる前に、いろいろな経験を積まれることを、僭越《せんえつ》ながら願っている。

障害に恵まれて

脳出血で倒れてからというもの、大変なことも多かったけれど、いいこともたくさんあったように思う。

障害なんて、そりゃあ、ないに越したことはない。でも私の持論は「人間、経験がすべて」。一回きりの人生、いろんなことがあったほうが面白い。

今の職場で多くのお年寄りと接し、老、病、死を自分の番だと感じるときまでに何をすべきなのか、どういう心の準備をしておけばよいのか、じっくり考えるチャンスをもらえたのも、考えようによっては障害のおかげである。高次脳機能障害に恵まれていなければ、おそらく今の施設に就職することもなかっただろうから。

パーキンソン病を患うアメリカの俳優、マイケル・J・フォックスが、著書の『ラッキーマン』のなかで「この病気にならなければ、ぼくはこれほど深くて豊かな気持ちにならなかったはずだと思うと、ぼくは自分をラッキーマンだと思うのだ」と書いている。

私も同じように思えることがある。病気の機嫌を見ながら、いろんな葛藤《かっとう》をして病気と共存していく気持ちになっていくのだ。こんなに自分の体と向き合い、対話することなど、病気にならなかったら一生しないで終わってしまうかもしれない。

といっても、いつも前向き、プラス思考でいられるわけではない。周期的にうつになるし、心身症的にどうにも胃が痛くなって、ウーウーうなりながら丸まっていることもある。「あのまま死んでいたのと、どっちが楽だろう」と思うこともある。

こんな体になっても、昔のようにテニスがしたい、走りまわりたいという欲求はあって、でも、モヤモヤ病が頭の中にでんと居座っているかぎり、大事にしなくてはならない。後遺症はいつかよくなっていくと信じているけれど、持病があるかぎり、何度でも際限なく生命の危機が訪れる危険はあるわけで、しかもこれからどんどん歳をとり、次に脳出血を起こして助かる保障もない。だから安静にするしかない。それをつらいと感じるときがある。

私の病気が現実に、ささやかな私の人生からいろんなものを奪っているのは間違いない。けれどその反面、得がたい友人たちの存在を再認識し、子どもが与えてくれる生きがいを実感し、姉や医師という職業など亡き父の残したものとふれあいに感謝し、私の人生もけっこういいもんだよ、と言えるようにしてくれたのもまた、この病気なのである。

今の生活にはなんの不足もない。食うに困るわけでもなく、面白いと思うこともあり、仕事も住む家もある。ヘルパーさんが来てくれる日は、仕事から帰ると、洗濯物がきれいに折りたたまれ、お風呂《ふろ》はぴかぴか。小さな幸せを感じる。

障害を持つことは絶対的なストレスではあるけれど、不得意な掃除とかアイロンがけとか、誰かに堂々とおまかせできる喜びというのもじつはあって、やはりものは考えよう。障害に恵まれたという言い方は変かもしれないが、こうして書き放題にしてきたものが本になるなんて夢のようなことが起きたのも、障害あってのことなのである。本当に恵まれている。そう思う。

未来日記をつける

私の勤める老人保健施設の患者さんは、義兄の脳外科医院で手術を終え、自宅に戻る足慣らしのために入ってくるケースがほとんどである。私の脳の中も奇想天外だが、このお年寄りの行動もこれまた奇想天外で、毎日が新しい発見の連続だ。

これは施設のご老人たちの認知症の進行が顕著だからで、私は今、この認知症を食い止めるべく、さまざまな方法を模索している。こんなことをしはじめたのも、障害に恵まれたおかげである。

認知症と正常の境界線はどこにあるかというと、答えはどうやら脳の前頭前野《ぜんとうぜんや》という部分の機能によるようだ。物忘れなどがあっても、この機能が正常なら認知症にならないという。

前頭前野の機能はおもに三つあるという。あれもこれもいっぺんにできる注意配分力。何かやりはじめたら、最後まで目標を忘れることなく邁進《まいしん》できる命題維持力。やっていることに集中して、ほかに気を取られない注意集中力。

つまり、このような力を維持しておけば、認知症になりにくく、脳を活性化し続けられると言えないだろうか。脳卒中のリハビリにも、活用できそうだ。

そこで、施設のご老人たちには、未来日記をつけてもらうことにした。明日は何月何日、なんの日でこんな予定があって、ここに行ってこういうことをするということを、寝る前に日記につけてもらう。

覚えるべきことを文字にすることで意識化できる。それでその日にしかやれないことをやり逃すという失敗もなくせるし、明日の自分の姿を思いめぐらせることで、右脳のイメージ力を鍛えることにもなる。

前頭前野は何か思い立ったことをやろうという気持ちになることをつかさどる中枢でもあるので、無気力、引きこもり、抑うつ症状が見られる人にも効果があれば、と思っている。

認知症と脳卒中後の脳機能低下とは理屈も症状も異なるのだが、脳を活性化させるという点で、認知症の予防と低下した脳機能のリハビリに共通点も多い。だからこの未来日記は、私自身も書いている。

カレンダーに書いてあるスケジュールをそのまま記憶するのは、私には至難の業だ。しかしカレンダーに書き込む時などに、その日が来た時のことを想像しながら、この日は土曜日だから、朝起きたらこれこれを済ませておいてタクシーを呼ばないといけないなどと、一通りやりたい手順を考えて書いておくと、そうありたい自分のイメージがわく。そして、こうしたいなと思っていたことを遂行せねばならないという軽いプレッシャーが周辺情報にもなって、スケジュールを覚えることもできるようになる。

こんな自分でありたいと思うことで、どうでもいいやとゴロゴロするだけの毎日でなく、なんとなく起きだしてこうしないといけないのだという自分への課題ができて、誰かに指示されたかのように、その予定に従っていくことができる気がするのだ。

入院などしていると、今日が何日かが思い出せないことに始まり、自分のまわりのことや近い未来のことを記憶することがとても難しくなる。

現実の時間の流れは誰かに任せておいて、自分はその時間に参加しなくてもいいような気になっていくのは簡単なことだ。その中でも、自分に関する時間の経過をちゃんとわかっていたいと思う時、すでに起こったことを記録する日記ではなく、未来のその日にどんな自分でありたいかをあらかじめイメージすることで、それが達成しやすくなるのではないか。

右脳開発に関する本を読んでいてそう思い立ち、始めたのがこの未来日記というやり方だが、やってみるといい感じ。うっかりミスも減ったし、日にちを勘違いすることもない。

元気出さない、がんばらない

他人に甘えたり、無理を言ったりすることを覚えたのも、障害を持ってよかったことのひとつだろう。根っからの体育会系というか、がんばるばかりで、かつてはそういうことができない人間だった。

なんでも頼んでみると人は案外、快く聞いてくれるものだった。バスのステップを降りるのをゆっくり待ってもらい、学会では薬屋さんがつきっきりで案内してくれる。スーパーのレジでもたもたしていると、レジの女性が「あっ、気がつかなくてごめんなさい」と、商品をかごから袋に入れてくれる。

逆に自分に対してのキーワードは、「無理は禁物」。できないものは、できない。「元気出して。がんばって」なんて励まされても、「元気出さない。がんばらない」と答えるようにしている。「なんてかわいげのない！」と思われてもしかたがない。体が不自由なうえに、小学生の息子を見守ってやらねばならないのだ。

思えば東京女子医大の医局に勤務していたころ、先輩女医に「本当にがんばり屋さんね」とよく言われたものだが、命をけずっていたわけだ。

一度きりの人生、もう誰にも遠慮することなく、些細《ささい》なことで心を痛めてむだなエネルギーを消耗することなく、自分が稼いだものは遠慮なく使い、子どもに対する責任を果たす努力と楽しく暮らすことだけに邁進したい。体第一。

かねてから別居中だった夫との離婚問題も解決した。妻が障害を持ったことに動揺し、私や子どもにつらく当たるようになった夫に対し、離婚と親権を要求する私に、一審の裁判官は、「病気のせいで世迷《よま》い言を言っている」と頭から決めつけていたものだが、高等裁判所では婚姻関係が私の病気にいい影響を及ぼさないと判断。ここは婚姻を解消し、子どもの監護権と親権を分け、事実上養育している私に監護権を、夫に親権を与えることで和解した。そのときの裁判官が最後に、「これからは充分な療養をして、一日も早くよくなられることをお祈りしています」と言ってくださった。

もちろんそうする。これでがんばらなければならないことが、またひとつ解決したのだ。これからは息子の真規と二人、心機一転、気ままに楽しく生きていける。

私の病気はイライラしたら負け。血圧が上がって動脈硬化が進行し、早死にしてしまう。もういやなことは考えたくない。「平常心、平常心」とお坊さんのように唱えつつ、正常血圧で一日一日を過ごすのが目標だ。

これまで、自分の障害を追及して勉強してきたのは、そのためでもある。自分の症状を、「なるほど、これはそういうことか」と理解すること、周りにも理解してもらうことは、健やかに暮らせる一つの方法だ。障害を客観的に見つめようと努力してきたことは、間違ってはいなかった。数年間の障害者生活を経た今、あらためてそう思う。

先日も、杖《つえ》って何のためにつくのか考えていて、ある発見をした。本職の整形外科では、悪い足にかかる重みを免除してやるために使う。視覚障害者では、虫の触覚の如く、進路が安全かどうかを確かめるために使う。脳卒中で麻痺《まひ》のある人では、力の入らない足の代わりに体を安定させるものとして訓練させられる。

でも私のように、視覚から入る情報が当てにならない高次脳機能障害では？

「そうだ、杖をつくことで対象物との距離が測りやすくなるんだ」

どのぐらいの勢いで足をつけばいいとか、体重を移動すればいいとか、そういうことを判断するバロメーターになるのである。だから何？　と問われれば、別に、という話だけれども、リハビリの専門家もこれには気づいていないだろうなあと思ったら、ちょっとうれしくなってしまって、ひとり興奮していた。異常というのは、普通ではないということで、見様によってはおもしろいこと。訓練をしながらも、こうしておもしろがっていられるのが私の救いなのである。

実際に障害に陥ったら、おもしろいもんだなあ、なんてしょっちゅう笑っていられないだろうが、拙著を読んで、そういわれてみればおもしろいなあ、と思ってくださる方が一人でもいたらうれしい限りだ。

そういえば作家の宇野千代《うのちよ》さんがどこかで、「困ったことがあっても、知らん顔していればなんでもない」とおっしゃっていた。私も長寿をめざしているので、長生きの秘《ひ》訣《けつ》として心に刻んでいる。

ただし宇野さんは、「平気にしていれば、いくら食べてもデブにならない」とも書かれているが、これは医学的に無理があるので、四十路《よそじ》の私にはまねできない。

とにかく、くよくよしないこと。さいわい、私は「刹那《せつな》」の人である。さっき考えていたことも忘れてしまったりする。好むと好まざるとにかかわらず。だから、そのとき

そのときを大切にしたい。いろんなことを気にせずに、ラフに生きていこうと思っている。

でも、先日真規が作文の宿題を書いているのでのぞくと、題は「がんばりやのお母さん」となっていた。あらあら。お母さん、がんばりやをやめたんだけどなあ。

息子がくれたリハビリ

先日、私は痙攣《けいれん》発作を起こして倒れた。

それを目の当たりにした真規は、よほど印象的だったと見えて、私が口から泡を吹いて倒れ、痙攣しているところを、わざわざ現場までいって再現してみせてくれる。このときは息子が助けを呼んできてくれたわけで、こちらは頭も上がらないのだが、母としてはこの状況再現の演技をちょっと情けない気分で見た。おもろいヤツやなあ、親の醜態をこいつはどういう気分で見てたんだ、と思いながら。ただ、彼が不安だったのも確かなようで、このところ少し甘えん坊である。

真規は小さいときから、いつもにこにこ楽しそうにしている子どもだった。私の友人には「なんでこの子、いつも笑うとるん？」と不思議がられるし、公園で知り合ったお子さんに「顔の笑ってる子」と命名されたこともある。もちろん泣いたり怒ったりもするが、基本的に笑顔のことが多く、形状記憶されている顔なんじゃないかと思ったことさえある。

そんな真規が、自分の貯金をおろしてクリスマスプレゼントをくれた。「ドンキーコンガ」というテレビゲームだ。音楽に合わせて太鼓を叩《たた》き、上手に叩くことができればレベルが上がっていく。

真規いわく、「これはお母ちゃんのリハビリになるからやってね」。確かによさそうだ。左手を動かそうという注意力を鍛えられるし、リズム感の失《う》せた右脳の刺激にもなる。

振り返れば、三歳のときに私といっしょに救急車に乗った日以来、この子はどれだけ苦労してきたことだろう。寂しいことやつらいこともあっただろうが、なかなかに打たれ強く、いつもにこにこ暮らしている。わが子ながら、あっぱれと思う。

毎日の生活でも、どれだけ息子に依存していることか。靴がうまく履《は》けずにもたついていると、サッとやってきてかかとをはめてくれ、ベルトを締めてくれる。着替えも手伝ってくれる。両手でなければできない作業は、彼の介護サービスなしではどうにもならない。

私が健康なら、しなくてすむがまんをいっぱいしてきたことだろう。苦労をかけている張本人としては、いつもすまなさでいっぱいである。

だが彼は、「思いやり」がどういうものであるかを確実に学んでいる。子どもには生まれながらにして、経験を栄養にして育つ力があると思わずにはいられない。できの悪い母親を持ち、ほかの子が知ることのない思いを経験していることも、彼なら必ずプラスにできるだろうと信じている。

恋したい！

先日、真規のクラスのお母さんたちとお酒を飲んだ。脳出血後のお酒について、脳外科医は賛否両論だ。ストレス解消になるので、適量ならいいという人と、血圧の微妙なバランスのコントロールが必要なので、絶対ダメという人と。

冒険ではあるが、私は楽しいお酒ならいいのではないかと思っている。薄い水割りを、おいしいなあと思えるうちはよし。おかわりを勧められて「もういい」と一瞬でも思ったら、グラスを置いて帰るべし、と自分で決めている。

こうして私は普通に暮らす体を再び手にした。

三十七歳で脳出血をし、巨大血腫《けっしゅ》を摘出したとき、私は同窓会のメーリングリストの中で「二年半後正常人化宣言」をした。今、私のＩＱは百を超え、つまり平均的な三十九歳と同等というところまできた。実感としては、世の中で私よりもボーッと暮らしている同年代はたくさんいる。

もちろん、今でも困ることはたくさんある。左手の各部分がどこにあるかは、視覚の助けなしにはわからないから、ものをつかんでいると思っていても、よく見るとじつは手から離れていたり。

得意だった編み物をしてみようと思っても、左手で編み棒を保持するだけの作業が思うにまかせず、すっかり肩が凝ってしまったり。

完治宣言が出たとか、フルマラソンに挑戦するとか、もっと何かヒロイズムを感じさせるようなエピソードを話したい気持ちはやまやまだ。でもこんなふがいない自分もまた、本当の今の自分で、けっして目をそむけたりはできないのだ。

そんな私でも相手にしてくれる友だちはいっぱいいる。真規なんか「なんにもできなくたって、生きていてくれるだけでいいんだよ」と言ってくれる。本当に幸せだ。これで文句なんか言ったら、ばちが当たりそうなくらい。

ひとつだけ不埒《ふらち》なことを言うなら、最近恋してないってことだろうか。ドキドキするような恋がしたい。あのドキドキ感でエンドルフィンがいっぱい出ている状況が好きだ。疲れなくて、元気で。

勝者として生きる

リアルタイムで入ってくる知覚を正しく受け止めて分析できないせいか、過去に蓄えた経験の記憶に呼びかけて頼ってばかりいるせいか、古い記憶がチラチラと、すぐに再生される体制になっていて、何を見ても何かを思い出すというか、常にデジャヴが目の前にちらついている感じで暮らしている。

しかし日常生活にどっぷり埋まっているようでも、急流をすべるがごとく私は時間に押し流されている。それはいつまで、どこまで続くのだろう。子供が巣立つまで？　私が死ぬまで？

とにかく一日一日過ぎていくのが、実は心地いいのだ。何かから開放される方向に進んでいる気がして。毎日、「今日も生きてたぞ、ザマミロ！」と満足感に浸りつつ、床につく。そうして暮らしていると、先に何がどうなるという心配もあまり湧いてこず、昔あったこともどうでもよくなり、淡々と、「その時」に向かって進んでいる気がする。

ひょっとすると、「キンさんギンさん」のように長寿を果たし、世界に向かって、運命に向かって、勝利宣言をする瞬間なのかもしれない。いや、やはりその相手は病気だろう。私を苦しめた病気に向かって、「私は勝ったぞ」と叫びたい。それが、いまの目標だ。

母校の校歌に、「月の桂を手折るまで」という一節があり、かつて意味がわからなくて、「女医たるもの、月経が上がるまでは、世のため、人のために働きなさい」という洒落《しゃれ》かと、半ば冗談ながら思っていた。お恥ずかしい。

正解は、「月に生えている桂の枝を手折るぐらい困難なことをやり遂げる」という意味だそうだ。私の今の心境は、まさにそれ。「月の桂を手折るまで、あたしゃ、生きるわ」と決意している。誰よりも長生きする意気込みだ。なんだかんだいっても、私は死ぬわけにいかないのだ。子供が一人前になるまでは。

そして、尊敬する山鳥教授の受け売りをすれば、心は脳に存在し、心の働きは脳の働きだ。ろくなことができなくなった今、せめて心を司《つかさど》る脳は大事にしたいと思っている。脳の元気に必要なものは、酸素、糖分、休息。田舎の澄んだ空気をいっぱい吸って、おいしいものを肥満しない程度に食べて、ぐっすり眠ろう。無理は禁物、一病息災をモットーに、百まで生きるぞー！

ある日の朝礼で、私の上司であり、主治医でもある義兄が、全職員を前にして言った。

「ここに入ってこられる方は、病気やけがと闘って、脳に損傷を受けながらも生き残った勝者です。勝者としての尊敬を受ける資格があるのです。みなさんも患者さんを、勝者として充分に敬ってください」

そう、私は勝者だ。人は生きていくようになっている。遺伝子のレベルから始まって、脳機能も含め、生命活動のすべてが生きていく方向でプログラミングされている。自分に与えられたプログラムを、自分らしく生きることを受け入れることができたのだから。

そして、いま、私と同じ障害を抱えている読者の方がいるとしたら、その人たちにも、同じくこの言葉を贈りたいと思う。そして、勝者としての誇りを持って、社会に戻っていかれる方々の多からんことを祈りたい。と同時に、リハビリ病院への紹介状に、「脳外科的には、もう行うことはなく、これ以上の回復は見込めないと思います」と安易に書く医師が減り、逆に、患者さんが何に困っているのか、どんな気持ちでいるのかを思いやることのできる医師や医療スタッフが一人でも多くなることを願っている。

近いうちに、私は実家のある高松に帰ろうと思っている。せっかく生き延びた私の人生だ。これからの後半生を、自分と真規と二人のためだけに生きるのも悪くない。

自分の力で何かを始めてみよう。今までの人生でやったことのないことを。

中学一年のとき、人生とは何かというテーマの作文を書かされて「わからない」と書いて提出したことを覚えている。今となっては、十三歳ならそれが正直な答えだと思う。

人生とは自分探しの旅。それが三十九歳の答えだ。

三十四歳で初めて、障害を持った新しい自分に向き合った。この先、どんな「私」が待っているのだろう。その新しい自分を探しにいく。

おわりに

脳卒中《のうそっちゅう》の本というと、特殊な健康状態の人を対象にした本のようで、自分には関係ないと思われる向きも多いだろう。だが、昨日まで元気だった人が、今日脳卒中を起こし、突然障害を持つことは、珍しいことではない。私は脳外科病院の一角に住んでいるが、秋から冬にかけ、救急車の音を聞かなかった日はほとんどない。

ストレスに満ちた飽食《ほうしょく》の日本に暮らす人が、明日には自分や家族の身に起こることとして、脳が壊れたらどうなるのか——患者である私の目に見える世界の一端を、この本でのぞいてみていただきたい。

万が一、不幸にして脳に傷を持ったとしても、あなたはずっとあなた自身なのだから、勇気を持って毎日の暮らしに向かい合い、希望を持って生き続けてもらいたい。脳卒中の先輩として、不思議な世界の道案内として、お役に立てることを祈りながらこの本をまとめた。

編集の際には、脳に障害があってもなるべく読みやすい文字、レイアウトを工夫してもらった。そういう世界の虜《とりこ》となって、自由には動けないことを周囲に説明のできない患者さんが、少しでも理解を得てもらうための説明の書として利用してくださることを願っている。

今、私が言葉を話すとき、構音《こうおん》（発語）障害があるために呂律《ろれつ》が回らず、舌を噛《か》んだりするので、なかなか文章を組み立てていく気にならない。しかも、何を話そうか考えているそばから、自分の記憶が消えていくので、話がトンチンカンになりやすい。

しかし、コンピュータのワープロ機能を介すると、ディスプレイに表示された文字を見ながら文を組み立てられる。さいわい、学生のころにコンピュータ操作を身につけていたので、キーボードに向かって手を動かすことも苦にならない。話そうとすると、思っていることの十分の一も言えない私が、本を書けるほど饒舌《じょうぜつ》になれたのも、コンピュータの経験あってのこと。若いときの経験は財産だ。

とはいえ、すらすらとこの本を書いたわけではない。この本を書くためのエネルギーの半分以上は、私を取り巻く人々にもらったものだ。

最初のうちは、文章は書けても、それを順序だてて保存しておくことができなかった。そこで東京女子医大の同級生、網野《あみの》幸子《さちこ》医師に助けを求めた。だらだらと長くなりがちな文を彼女にメールする。彼女は適当なところで整理して、同窓会のメーリングリストに流す。

するとすると、障害に関する私の愚痴《ぐち》を、医師としての興味をにじませつつ深く理解し、日本中だけでなく、ドイツ、アメリカなど各地で活躍する同級生たちからお便りをもらった。その中で、「きっこ（私のこと）に見えている世界って、日ごろ診《み》ている患者さんのいる世界かもしれないのに、想像したこともなかったので、もう少し教えて」という声が出るようになった。そんな声に背中をおされつつ、三章までを書きあげた。

そんな矢先に三度目の脳出血を起こした。後遺症は前回よりもひどく、頼みの綱の手までも麻痺《まひ》にやられた。書く気力さえもなくしがちな私に、網野医師は「きっこに手紙を出そう！」と呼びかけてくれたらしい。みんなはキャリア十五年になる現役医師。想像以上に忙しい彼女たちの手紙に励まされ、麻痺のない右手でぽつんぽつんと再びキーを叩《たた》きはじめた。

ここで私を助けてくれたのが、高校時代からの友人の伊東麻紀さんだ。以前から書いていた私の原稿を含め、新たに書いたものもていねいに読み、「あのときの失敗はどういう理由？」「あなたにはどう見えていたの？」と、次々と疑問メールを送ってきた。彼女の好奇心がなかったら、自分の障害や自分の心とここまで向き合うことはできなかったかもしれない。

伊東さんに紹介された講談社の編集者、篠原由紀子さんには、三度目の脳出血後、近況報告をかねて、障害を持つ身になって感じたことを思いつくままにメールし続けた。本にまとめる際に一年間のメールをプリントアウトしたら、なんと五センチもの厚さになったという。

こうして書いたのが四章から六章だ。書きはじめてから、四年の月日が経つ。もとを正せば、山鳥先生の本の「人間の行動は『記憶』である」という言葉に衝撃を受け、神経心理学というものにかみついてみた結果が、この本だ。

その山鳥先生に解説をしていただけるなんて。先生の解説を読んで、涙が出た。親にもほめられたことのない私をこんなにほめてくださり、事細かな解説をしてくださった。恥ずかしながら、自分の症状に「ああ、あれはそういうことだったのですか」と、今さら納得してうなずいている。人間、生きていれば、こんなにいいことも、うれしい出会いもある。

生死を画する一線から、こちら側に引き込んでくれたのは、姉夫婦、片木良典《かたぎりようすけ》・留美《るみ》子《こ》両氏だ。親子二人の生活を、折に触れて明るいものにしてくれてありがとう。

この本は、私がよたよたと生きてきた四十年目の記念碑でもある。最愛の息子・真規には、母が生きた証《あかし》、彼を世界中の誰よりも愛した証として、近くに置いておいてもらいたい。

最初に手術したとき三歳だった真規も、今では九歳になり、百四十センチサイズの服を着るようになった。私は百五十二センチしかないので、もうすぐ追い抜かれるだろう。今でも私が大きな音を立てたりすると、「お母ちゃん！　だいじょうぶ？」と韋駄天《いだてん》走りで見にきてくれる。最後に、そんな真規への思いをつづるわがままを許してほしい。

《いつもお母ちゃんを助けてくれたまあちゃんへ

雨の日、風の日、いつもいっしょに歩いたね。でこぼこ道、暗い道、まあちゃんはお母ちゃんの手を引いてくれたね。

まあちゃんがいてくれたから、お母ちゃんは天国に行かなくてすんだよ。いっしょに救急車に乗って、手を握っていてくれたね。真冬の夜中、暗い大学病院の待合室で、お母ちゃんが手術室に入ったあと、おばあちゃんが来るまでひとりで待っててくれたね。

まあちゃんが寒くないかなって気になって、お母ちゃんは帰ってこられたよ。

お母ちゃんのところに生まれてきてくれたのがまあちゃんだったから、お母ちゃんは生きてこられたよ。ほかの子だったらだめだったかもしれない。

お母ちゃんは病気ばっかりして、まあちゃんに迷惑かけたね。お薬の副作用で、イライラして怒りっぽかったお母ちゃんを許してね。まあちゃんを怒るたびにお母ちゃんは悲しかったよ。自分が嫌いだった。抱っこもできなくなったお母ちゃんに、

「いいよ、病気はしかたないよ。生きていてくれるだけでいいよ」って言ってくれたね。

やさしい人は強い人だよ。まあちゃんは小さいけど、やさしい強い子だよ。お母ちゃんは強くてやさしいまあちゃんが、いつも大好きだよ。

遣《や》り残したことばかり、後悔ばかりと思っていたお母ちゃんの人生は、まあちゃんのおかげで幸せな人生になったよ。

めいっぱい長生きして、まあちゃんといっしょにいたいと思うけど、もしお別れが早く来ても、まあちゃんは自信を持って生きてね。まあちゃんはやさしい子だから、みんながまあちゃんを好きになるよ。

よくお母ちゃんの子に生まれてくれたね。ありがとね。

お母ちゃんより》

二〇〇四年二月

山田規畝子

解説　神経心理学が解く山田さんの障害

山鳥　重

本書は、医師という病気を診《み》るプロが、自分の病気（認知障害）について書きとめた書である。通常の闘病記というのは、正常な脳の働きを持っている人が、正常な脳の働きに依存しつつ、脳以外の臓器疾患について書き記すのがほとんどで、自分のことには違いないが、客観視できる対象（疾患の罹患《りかん》体験）について記録したものといってよい。

本書の内省の対象は、自分自身の心の障害である。壊れた脳が作り出す、自分の心のほころびについて素直に語っている。言うまでもないことだが、心という現象は主観的なものであり、本人以外には経験できない。われわれ医療関係者が脳損傷者と関わる場合も、行為として現れたもの、つまり「できたかできないか」という反応以外は何も見えない。なぜこんなことができないのかという理由（背景メカニズム）については、何もわからないのである。

われわれにできることは、その理由を推測し、仮定することだけである。障害者当人は、本当にはわかってくれない周囲に対して、不満やいらだちや怒りや屈辱感《くつじょくかん》を募《つの》らせる。しかし、だからといって、自分がどういう状態にあり、どんな手助けをしてほしいのかなどということを周囲に教えてくれるわけではない。本人自身が薄闇の中にあり、そんなことはできないのである。その薄闇にある自分の障害と向き合い、その内容を教えてくれるのが本書である。

文章はカラリと明るく、落ち込んだときの記録でさえ、裏に笑いが響いているようなところがある。「お涙頂戴《ちょうだい》」でない、突き放した文体は感動的である。

以下、神経心理学の立場から、本書の内容を整理し、いささかの解説を試みてみたい。

1　病理学的問題

本書はモヤモヤ病のため、二度の脳虚血《のうきょけつ》（さいわい一過性）と三度の脳出血（二度目は脳梗塞《のうこうそく》を合併）に倒れながらも、そのたびに不死鳥のごとくに立ち上がった一人の女性（医師・母）のたくましい闘病の記録である。

モヤモヤ病というのは本書で山田さん自身が解説されているので繰り返さないが、血管の形成異常のため、大脳領域を栄養する一部の血管が閉塞《へいそく》し、この部分が通常よりずっと細くて弱い、多数の代償性《だいしようせい》血管によって栄養されている状態である。モヤモヤ病というのは通称で、正式名称は「ウィリス動脈輪閉塞症《どうみやくりんへいそくしよう》」という（八七ページ）。

通称の由来は本書に詳しく書かれている。モヤモヤとした頼りない血管であっても、ちゃんと脳に血液を供給していてくれさえすれば、何も問題はない。脳は正常に働くことができる。実際、山田さんも大学二年生まではまったく普通に生活されていたのである。

困るのは、該当《がいとう》部位のモヤモヤ血管の壁が、正常よりうんと薄くて弱いため、破れやすいことである。壁が破れればそこから血液が流出してしまう。出血である。もし出血が起これば、押し出された血液は周辺の脳組織を圧迫し、破壊する。血液量が多いと、出血のショックで、周辺の大血管に攣縮《れんしゆく》が起こることもある。

この場合、その血管内の血流は遮断《しやだん》され、この血管が栄養していた脳領域に血液が供給されなくなる。この状態が長く続くと、組織は酸素不足・ぶどう糖不足に陥って、破壊されてしまう。脳梗塞と呼ばれる状態である（九八ページ）。

また、モヤモヤ部位の血管供給量は足りているといっても、応急措置の血管だからあまり余裕はない。何らかの理由で体のほかの領域が大量の血液を必要とするような事態が持ち上がると、血液はその領域に重点配分されるようになる。すると、ぎりぎりの量に頼って機能していたモヤモヤ部位の血液までもが、そちらへ動員されてしまう。簡単に言えば、モヤモヤ領域の血液が、もっと強く血液を要求している部位によって、一時的に盗まれるのである。

少々盗まれても供給量に余裕があればなんということはないのだが、余裕のない部位はもろに影響を受け、機能不全に陥《おちい》ってしまう。山田さんが大学二年生の時に経験した、左手がぶらりと下がる（八一ページ）という症状は、左手を支配している大脳運動領域の血液が盗まれた結果である。「一過《いっか》性《せい》脳虚血《のうきょけつ》発作《ほっさ》」と呼ばれる（八一ページ）。

2　身体症状

山田さんが学生時代に経験した二度の左手の脱力は、二度とも一過性で永続しなかった。左足にも顔にも異常が現れていなかったらしいので、脳の機能障害はきわめて限定的であったと推定される。おそらく、右大脳半球の運動野のうち、手の支配領域だけが一時的に血液供給を絶たれたのであろう。

損傷部位がもっと大きくなるか、あるいは深くなると、障害は顔や足にも拡大する。認知障害がまったく出ていないのも、病巣《びょうそう》が小さかったことの傍証《ぼうしょう》である。

しかし、山田さんが大学六年生のときの発作は、残念ながら一過性ではすまなかった。血管壁の弱い部分が血圧に耐えられず、破綻《はたん》してしまったのである。このときは後頭部痛と噴出性嘔吐《おうと》で始まり、猛烈な眠気とそれに続く意識障害に襲われている。左手にしびれもあったらしいが、脱力はなかったようである。

このような症状は出血が大脳半球内のものではなく、脳室《のうしつ》内のものであったことを示《し》唆《さ》している。手術も行われなかったらしいので、出血は少なかったのであろう。その後まったく後遺症が残らなかったのは幸いであった。

山田さん、三十四歳のときに起こった二度目の出血は、脳梗塞を合併した（九八ページ）。しかしこのときも身体症状は出なかったらしい。症状はすべて認知的（専門的には神経心理的ともいう）なものであった。運動麻痺《まひ》などの身体症状がなく、神経心理的症状だけだと、山田さんが嘆いているとおり、本人の障害やつらさはなかなか周囲に理解されないものである。周囲には症状が「見えない」からである。

山田さん、三十七歳のとき、またまた彼女の脳動脈は破綻した（一五二ページ）。このときの出血は、前回よりかなり大きかったらしい。出血は大きな塊となって、正常な脳組織を圧迫し、機械的に組織を押しつぶしてしまう。

血液はいったん血管壁より外へはみ出せば、組織にとっては異物以外の何ものでもなくなってしまう。異物は化学的に組織を刺激し、炎症を起こし、破壊する。左上下肢と左顔面の下部（口角《こうかく》と山田さんは記録している）に麻痺が生じ、同じ部位の知覚も低下してしまった（一五九、一六七ページ）。さらには、顔面から咽頭《いんとう》や喉頭《こうとう》の筋群に両側性の麻痺が生じたため、嚥下《えんげ》障害や構音《こうおん》障害も起こるようになってしまった（一五六ページ）。しかし幸いなことに、意図的な嚥下障害は強くても、反射性の嚥下はうまく行われていたようなので（一八五ページ）、仮性球麻痺《かせいきゅうまひ》と呼ばれる状態だったのではないかと推察される。この場合は損傷のレベルが高いので、反射中枢《ちゅうすう》は温存される。また、左半身に知覚低下があるにもかかわらず、同じ側に知覚過敏を伴う強い痛みを感じるようになった（一八一ページ）。

この一見矛盾したように見える症状は、痛覚や温度刺激に対する大脳の過剰な反応で、つらい症状である。山田さんの指摘どおり、右側の視床《ししょう》病巣によるものであろう。左半身の麻痺は比較的軽く、左へ注意を集中すればなんとか動かせるようである。

しかし、見ていないと手がどこにあるのかわからず、ものを握っているのかどうかもわからないという（一五九ページ）。前者はおそらく位置覚の障害によるもので、後者はおそらく識別性の触覚障害によるものであろう。識別性の触覚とは、たとえばてのひらの二点を同時に触られたとき、それを二点と感じる能力である。このような知覚が障害されると、ものを握ってもそれがなんであるかわからなくなるし（山田さんが立体覚障害として記録している。一八〇ページ）、握っていること自体もはっきりしなくなる。

3　神経心理症状

山田さんがしばしば言及している高次脳機能障害《こうじのうきのうしょうがい》のことである。大脳の損傷は、運動障害、視覚障害、聴覚障害、触覚障害など身体的な機能に障害を生じるだけではない。損傷部位によっては言語・記憶・思考など認知能力にも障害が出る。脳が心の座である以上、仕方のないことである。

山田さんについて言えば、二度の一過性脳虚血発作では認知的な異常はまったく生じなかった。

最初の脳出血では、眠気とそれに続く意識消失という神経心理症状が出たが、すぐ回復した。意識障害は、脳幹上部から視床を通って大脳皮質《だいのうひしつ》へ広がる、上部脳幹網様賦活《じょうぶのうかんもうようふかつ》系《けい》と称される機能系の障害である。この系が覚醒意識を支えている。

二度目の脳出血・脳梗塞では、初回のような幸運は訪れなかった。さまざまな神経心理症状が生じ、しかもそれらが残ってしまった。病巣が比較的大きくても、部位によっては認知障害が出ないこともある。冒《おか》される部位が、症状の有無とその重篤度《じゅうとくど》を決定するのである。

以下、簡単に彼女の認知障害を整理しておこう。

①空間性認知障害

まず、空間性の視知覚障害がある。たとえば、初期には大きなパターンの識別が困難になった。ベッドシーツとベッド下の床面（四三ページ）、画用紙と画用紙が置いてある机（四七ページ）、スープ皿とスープ皿周囲のトレイ部位（五〇ページ）などの識別ができないために、勘に頼って手をついたり、ペンを動かしたり、皿を置いたりして失敗した。

おそらく画用紙やスープ皿、それひとつだけを宙に浮かせた状態で見れば、何かはわかったのであろう。ものそのものは見えるし、わかるのだろうが、それらがまぎらわしい背景の中に沈んでいると、背景とものとの境界が見えなくなる。

この障害は立体視の障害と密接につながっている。山田さんが書いているように、視野に広がるものに深さがなく、べったり平面に見えてしまうのである。階段が横線が入った蛇腹《じゃばら》のように見えたり（五六ページ）、突き出しているはずの便器が背景と同じ平面に見えたりもする（五〇ページ）。

彼女はまた、アナログの時計を読むのが困難になっている。たとえば針が十二と四を指している。長針と短針が作る角度が右に開いているのか、左に開いているのかが区別できなくて、四時と八時を取り違える（二八ページ）。

空間に点在する対象がいくつくらいなのか、ということを大雑把《おおざっぱ》に把握する力も低下している。数えようとするとますます困難になる（一七七ページ）。

空間配置の理解障害は、順序正しく並んでいる数系列の理解にも及び、数が表す順序性の意味がわからなくなる（七六ページ）。

空間関係の障害は視知覚だけでなく、自己身体の認知にも現れている。身体は空間に広がっており、その形（とくに手や足の位置）は刻々変化する。この変化が連続したひとつの身体のものだと理解できるのは、大脳に身体に関するある種の参照系（モデルのようなもの）が作られており、この「身体図式」との比較が常時行われているからである。

図式との照合がうまくゆかなくなると、身体の空間的な位置の変化が正しく理解できなくなる。まっすぐな体も曲がっているように思われてくる（七二ページ）。身体的な空間関係の理解障害は、右手と左手の区別の困難さにも反映されている。右対左という空間関係を直接には理解できず、箸《はし》を持つのは右手、茶碗を持つのが左手と、いちいち言葉に翻訳《ほんやく》したうえで、間接的に理解しなくてはならない（七三ページ）。

絵を描くとか、字を書くとか、ものを作るという作業も、空間的な要素を含んでいる。漢字を構成する各部分をひとつの形にうまくまとめられない（七一ページ）のは、空間構成能力の障害のせいであろう。定められた枠内に必要な文字列を書き込む、という作業も困難である（七〇ページ）。山田さんが悪戦苦闘した絵本袋を作るという仕事も、空間構成的な作業である（一二三ページ）。

空間関係の障害はもっと単純な行動にも現れている。たとえば目測ができないため、食器をつかもうとして伸ばした手が、食器棚に突き当たってしまう（五五ページ）。あるいは、室内のような比較的狭い閉じられた空間では、自分の位置をうまく定位できなくて、出口とは違った方向に向かって歩きだしてしまう（七三ページ）。

②記憶の障害

記憶の障害も、山田さんの行動を困難にしている。数分前のことが覚えられなかったり、ひどいときには数秒前のことも覚えられない（五九ページ）。

われわれの経験は、脳での処理水準がある程度深まってくれないと、しっかりした記憶にはなってくれない。正常でかつ若い脳は、瞬時の経験でも深いレベルまで処理することができるが、損傷や萎縮《いしゅく》がある脳では、一度くらいの経験では浅いレベルまでしか処理されない。山田さんの「記憶を練る」という表現は、処理を意図的に深めることの重要性をうまく捉《とら》えている（一四〇ページ）。

認知作業の中には、複数の情報を同時に覚えておかないと、うまくゆかないものがある。たとえば百から七を引いていくとする。これをちゃんとやるためには、つねにそのときの答えと、その答えからまた七を引かなければならないというルールを同時に覚えておかなければならない。もちろん、演算能力がおかしくなれば、当然引き算はできなくなるが、演算能力がしっかりしていても、七を引いたときの答えを覚えていないか、七を引くというルールを覚えていないと、作業はおしまいになってしまう（一七七ページ）。どっちも覚えておく必要があるのである。

この種の記憶は、作業記憶と呼ばれている。自動車運転に挑戦した山田さんは、道路を曲がると、そのとたん目の前の二車線のうち、どちらを行くのかがわからなくなる。彼女は左側通行という常識が消えていると述べている（一三二ページ）。これもこの手の同時記憶の障害であろう。左側通行であるというルールを、瞬間忘れてしまうのである。あるいは、言い得《え》て妙《みょう》だが「そのへんにひょいと引っかけておくような」記憶が悪くなっている（一三八ページ）。さっきまで持っていた切符をどこにしまったか、たちまち忘れてしまう。神経心理学的には、「近時《きんじ》記憶の障害」と簡単にかたづけるところだが、行動の流れからいうと、確かに主流の行動についての記憶ではなく、傍流《ぼうりゅう》の行動にかかわる記憶である。「引っかけておく」タイプの記憶に違いない。

③言語の障害

一般に、右利《き》きの人の大多数では言語能力は左大脳半球に依存しており、右大脳半球損傷が言語の強い障害を引き起こすことはない。

山田さんも右利きで、さいわいなことに言語機能には大きな障害をこうむっていない。それでも、ある程度の影響は見られるようである。初期には言語活動が過剰になったこともあるようだし（六二ページ）、必要な単語を自由に呼び出す能力も、病前にくらべれば相当に落ちてしまったようである（六四ページ）。

書字でも漢字の形態が思い出しづらくなっている（七一ページ）。さらには、やっかいなことに前述の空間認知の障害が、読み書き能力を妨害している。たとえば、山田さんの好きな読書では、一つの行を終わって、次の行へ移るという普通の場合だとなんでもない作業が著しく困難なものとなっている（六八ページ）。書字にも空間障害が入り込み、文字形態を自然に書き出すことができない（七一ページ）。

④注意の障害

読ませていただいた限りでは、山田さんの脳損傷の主座は右頭頂葉《とうちょうよう》にある。右頭頂葉の働きに依存するとみなされている認知能力は非常に多い。これらの能力の本態については、充分に理解されているとはとうてい言えない段階だが、大雑把に言って、すべてどこかで注意機能と深くつながっていることは間違いないであろう。

注意を一定の場所、あるいは主題に集める。注意を持続させる。注意を移動させる。

対象の働きを（運動でなく、注意で）追跡する。さらには注意を左右空間全体へまんべんなく分配するなど、注意にはさまざまな働きが区別されているが、実際には別々のものではなく、同じ働きの違った側面であろうと考えられる。

この注意という働きがわれわれの意識内容を明晰《めいせき》にし、安定したものにしてくれる。当然、注意はどのような認知活動にも必要である。とりわけ山田さんが苦しんでいる空間性知覚や構成作業や作業記憶は、注意機能と切っても切れない関係にある。

山田さんの、自分が磨《す》りガラスの入った窓がついた部屋にいる。あるいは霧のかかった状態にいる（一〇〇ページ）という内省は、注意機能がうまく作動してくれない状態を表現しているように思われる。しかし、開けようと思えば開けられる天窓がついているる（一〇一ページ）ともいう。この窓を通して注意という光が射し込むと、部屋という意識内容がはっきりしてくるということではないだろうか。

⑤三度目の出血による神経心理症状の悪化

三度目の出血は大きく、病巣はこれまでの右頭頂葉後方病巣に加え、それより前方の頭頂葉、もっと前方の前頭葉、下方の側頭葉、後方の後頭葉、さらには深部の大脳基底《きてい》核《かく》から視床に及んだという（一六七ページ）。

この結果、残念ながら彼女の高次脳機能障害も再び強くなってしまった。しかし、三度目に出現した症状は、まったく新しい性質のものが加わったというよりは、これまでの障害がより重篤《じゅうとく》になったと解釈できるものが多い。質的には連続した障害のように思われる。

左側への注意障害は、前回の卒中ではごく軽度にしか存在しなかったようだが（一二九ページ）、より強いものになり、左側のものをなぎ倒して進んだり（一五九ページ）、左側の食べ物を食べ残したり（一五九ページ）、スケッチする人物の左側が貧相になったり（一六〇ページ）するようになる。

衣服というのは空間構造の複雑な客体である。上着をちゃんと着るには、この複雑な構造体を正しく操り、体の各部分を適合する空隙《くうげき》へ挿入しなければならない。これも困難になってしまった（一七〇ページ）。空間知覚の障害も強くなり、塾や職場の室内の景観的な特徴が把握しづらくなってしまった（一七四ページ）。

4　回復への苦闘

山田さんの不幸中の幸いは、病巣が右半球であり、言語機能が冒されなかったことである。このため、彼女はつらさを言葉で表現し、メールや電話や会話など、さまざまな手段でそれを周囲に訴えることができている。また、言葉で症状を整理することで、自己の内面に生じた無秩序な部分をも、秩序立ったものへと変えることができた。あるいは変える努力を続けることができた。

空間的に秩序づけられなくても、言語的に秩序づけることで、彼女の精神はカオスに陥ることを免《まぬが》れ、絶え間なく再構成されていったのである。このことには彼女も書いているように、彼女が文学好きで、言語的能力に秀でていたことが与《あずか》って力があったであろう。さらには、彼女が医師であり、長い修練を通じて、病気を客観視する習慣を打ち立てていたことも、大きく役立ったと思われる。

認知的な障害を回復させるためのもっとも重要な鍵《かぎ》は、自己の欠損を洞察《どうさつ》する力である。自分の心が自分の心の障害に気づく、ということである。自分の障害といっても、身体症状ならまだ見えるが、認知過程というものは見えるものではない。この見えないもの、自己の内なる異常に気がつくのと、まったく気がつかないのとでは、障害に対する心構えに天地の差が生じてしまう。

欠損に気がつくということは、能力低下の領域を客観視できるということである。客観視できるようになるということは、客観視している自分（つまり主体）が確立したということである。

山田さんは、自分自身の心に持ち上がっているトラブルに気がついている。そして、そのトラブルに対処する方法をいろいろ工夫している。懸命に自分の行動を観察し、失敗に気づき、なぜ失敗したのかを反省している。

この観察し反省する心を彼女は、「前子《ぜんこ》ちゃん」と名づけている。彼女の心の中のもっとも理性的な部分である。前子ちゃんは山田さんに、注視がうまくゆかないのなら、注視はやめて遠目《とおめ》にしたらとか（一一一ページ）、もっと触覚に頼ったら（一一一ページ）とか、いろいろなアドバイスをしてくれる。前子ちゃんに頼ることで、山田さんは目前の刺激が誘発する心のカオス（神経心理学的に言えば錯乱状態あるいは混乱状態）から逃れることに成功する。

嚥下《えんげ》障害についても、まずよく噛《か》む。噛んでいる間に、ひょいと食物が反射機構のどこかを刺激して、反射機構を駆動《くどう》し、駆動された反射機構がうまく飲み込んでくれる、という事実を発見する（一八五ページ）。漢字も考えて書くと失敗するが、「運動神経で書く」とうまくゆくことを発見する（一一三ページ）。

前子ちゃんはまた、作業の目的を明確にしてくれる。だから前子ちゃんと会話してから行動を起こすとうまくゆく（一一五ページ）。これまで使っていたストラテジー（戦略）がうまくゆかなくても、そこで当惑して立ち止まってしまわなくてすむ。前子ちゃんが別のストラテジーを教えてくれるからである。

彼女の意識が、彼女の心の中の「状況がわかっている部分」を前子ちゃんと名づけて切り出すことに成功したおかげで、彼女の心の中のぼんやりした存在であった「理性的な部分」をよりはっきり意識化できるようになった。彼女の心の秩序化がいっそう進んだのである。

長い闘病生活の経験から、彼女は多くのことを汲《く》み取っている。そのひとつひとつは筆者のように高次脳機能障害学を一応の専門としてきた人間にも多くのことを教えてくれる。

たとえば、「回復への過程は二年過ぎてもなお続く」という経験は貴重である（二一七ページ）。軽々しく予後《よご》を語らないよう肝《きも》に銘《めい》じなければならない。

「どんな脳でも必ず何かを学習する」（一四八ページ）、という指摘も真理である。脳は個体が環境によりよく適応するために、経験を蓄積してゆく装置である。たとえ半分壊れようとも、残りの精神系は同じ目的に向かって働き続ける。

「リハビリテーションは想像力である」（二〇五ページ）という主張も重い。高次脳機能障害はきわめて多様な形で表現される。病巣の部位や脳損傷量の多寡によって、障害の内容や質や程度は大きく変化する。病前の生活史の影響も無視できない。高次脳機能障害という、ただひとつの障害があるのではけっしてないのである。

たとえば、彼女が苦闘している認知障害は、失語症でみられる認知障害とはまったく異なるものである。極端に言えば、ひとりとして同じ障害パターンを示すことはない。

健常人に個性や能力の差があるのと同じで、高次脳機能障害者の障害パターンにもすべて個人差がある。したがって、リハビリを担当する人間にはその人固有の障害特徴を把握する力が要求される。これが彼女の言うリハビリテーションに関わる人の想像力ということの意味であろう。筆者流に言えば、治療者が障害者に同調する（チューン・イン）力ということである。

しかし何にもまして彼女の手記は、障害者本人の生活復帰への強い意志がいかに回復にとって重要な役割を果たすものかを、具体的な形で教えてくれる。

空間性の注意障害のために、一行読むごとに、注意力を立て直して、また改めて次の行を探さなければならないという作業がどれほど疲れる作業であることか。そんな人が、けっしてあきらめず、独自の工夫に基づいて、何冊もの読書に挑戦するのである（二二六ページ）。

あるいは、空間的にものを構成してゆくことに障害を持つ人にとって、規格どおりの絵本袋を作るという作業がどんなに困難な仕事であることか。それでも彼女は絶望せず、投げ出さず、独自の創造力で、ものを入れるという実用性に関しては申し分のない袋を完成させてしまう（一二三ページ）。

子どもを育てる、ということにも彼女は敢然《かんぜん》と挑戦する。医師としての仕事にも挑戦する。自分を客観視する力を武器にして、自分を裸にし、自分をさらけ出しながら、けっしてきばらず、けっしてあきらめず、不屈《ふくつ》の意志に支えられて彼女は進み続ける。何よりも本書の完成が彼女の持続する意志の強さを証明している。

蛇足《だそく》だが、英書に医療関係者が自分の認知障害の経験を手記や論文にしたものを集めたものがある（Narinder Kapur:Injured Brains of Medical Minds. Views From Within. Oxford University Press, 1977）。邦訳すると「医療従事者たちの傷ついた脳　内側から見えるもの」というタイトルが示すように、外部からの観察でなく、自己自身の内部の観察の記録として貴重なものである。興味のある方はぜひ、目を通してみてほしい。

しかし、この書物にも山田さんのような重篤な右頭頂葉障害の手記は見当たらない。本書は医学的にも稀有《けう》な、貴重な記録である。

（神戸学院大学人文学部教授）

文庫版あとがき　「脳の中のもうひとりの私」、そして「今の私」

私の分身、前頭前野の「前子ちゃん」

私は「モヤモヤ病」による脳出血から高次脳機能障害を発症し、障害を抱えながらも、「普通の生活が最高のリハビリ」という信念をもって息子との二人暮らしを続け、はや十年を越える。その間には、老人保健施設への就職や命の危機にさらされる大きな脳出血の再発など、いろいろなことがあった。

私は本書を含め、これまでの著書の中で、何度も「前子ちゃん」のことを書いてきた。脳の前の部分を前頭葉《ぜんとうよう》と呼ぶが、そのエリアの中でも判断とか問題解決という知的な作業を司《つかさど》っている部分を前頭前野《ぜんとうぜんや》という。人間の好奇心も支えている部位で、学習行動のエンジンのようなところだ。私は三度、脳出血を起こしたが、脳のこの部分は損傷せずにすんだのだ。それでも勿論《もちろん》、たいへん苦労はするが、本が書けたり、講演などを行うことができるのも、私の前頭前野が壊れずにすんだおかげだ。この前頭前野は、私のリハビリの伴侶《はんりょ》のような存在で、私にとって自分の分身のようにとても親密なものなので、私はそれを「前子《ぜんこ》ちゃん」と呼んでいるのだ。ちなみに「前子ちゃん」という言葉は勿論、私が勝手に創作したものだ。

この「前子ちゃん」とその意味について、もっと詳しく教えてほしいというお尋ねをいただくことが多く、私自身も、単行本『壊れた脳　生存する知』刊行以後に、「前子ちゃん」が自分にとってどんな存在なのかについていろいろと考え、発見したことが多くある。そのことを少し記してみようと思う。

前子ちゃんの役割

「なぜこんなことができないのか」
「それは脳のここが壊れてその機能ができなくなったからだ」
「だったらその機能が再びうまく回っていくためには何を思い出し、それをどういう手順で実行すれば、もう一度、脳は以前にやっていたことができるようになるのか」
こうした私の独り言に逐一答えてくれ、脳の生き残った力を呼び集めてくれるのが

「前子ちゃん」の役割。私にとってリハビリというものが「学習」であるに違いないと確信できるのは、この「前子ちゃん」とうまく付き合うことで、日常的にできることが少しずつ増えてきたという実感があるからにほかならない。長い道のりであろうとは思うが、頭をこうして使っていくことによって、脳の働き方が少しずつ元の、本来の働きに戻っていくのだろうと思う。

「前子ちゃん」というもう一人の自分と語り合うように感じているという現象は、認知機能が低下した私が、的確で迅速な判断に迷ったり、思考が混乱して収拾がつかない時に無意識にやっていた行動がその発端となっている。

最初は、独り言の多くなった自分への気づきから始まった。障害の症状がかなり重く出ている時には、自分から動いて行動するということ自体がなかなかできなかったのだが、次第に行動範囲を広げて暮らせるようになっていくなかで、この独り言は自分が求めている答えを得るために、自分で自分を意図的に呼び出しているものではないかと気づいたのだ。

「おーい、どうしたらいいー？」

「えーと、なんだっけ？」

こんな具合に、私はただぶつぶつと独り言を言っているのではなく、誰かに尋ねていることがわかり始めたのだ。その頃は、自分が尋ねている相手が誰なのかということはほとんど気にならなかったが、そうやって尋ねてみると思考の混乱が整理されてきて、今まさに困っていることの問題処理が容易にできるようになる。答えとして求めている判断や経験の記憶、かつて得た知識の記憶などが楽に浮かんできて、次にどうすべきか、私を導いてくれる。

インターネットで知り合った高次脳機能障害をもつ大学生の男性とメールで前子ちゃんの話をしていて、彼から、「それって、僕にもありますよ」と言われた時には非常に驚いた。彼も日常的にそれを感じているらしく、彼はその現象を「飯を食わないほうの自分」と呼んでいた。それはまさに言い得て妙で、私が頼りにして尋ねかけている相手は自分自身なのだと、私は彼の話を聞いて確信をもつに至った。

これまでの著書で、私は自分の壊れた脳のことを「霧のかかったような自分のいる部屋」と表現してきたが、高次脳機能障害になって以降、いつも私の頭はぼんやりとして、考えていることは輪郭のはっきりしないものだったような気がする。そんな時に呼ばれてやってくる「彼女」は目の前で、「これはこうだから、こうじゃないの」「それはこっちで正解よ」と説明をつけて明快に教えてくれるのだ。

高次脳機能障害をもつと、意思と行為の間の「連絡」がうまくいかなくなる。普通なら、思ったことがすぐに行為に繋《つな》がるのだが、高次脳機能障害の場合、両者の間に「隙間」ができてしまう。

通常の行為においては、まず意思が立ち上がるのだが、この意思というのが、そもそも高次脳機能障害では発生しにくい。全体に、脳が酸素を取り込みにくくなっていることで（低酸素脳症）、意思の発生場所の前頭葉も動きにくい、というのが多くのケースで起こることのようで、その結果、やる気がない、寝てばかりいると周囲がやきもきする状態になる。

「注意の光」

とにかく、意思があっても、思いつきのような一瞬のものだけでは体をダイレクトに動かすことができない。

本文にも書いたように、本当に体を動かしたい時には、まず、あえて注意のスイッチをオンにしておかないといけないのだ。注意という機能は、意思が発生した時に、自分が動かしたい身体がどれで、どこにあるというふうにサーチライトを当てるような感じで、「霧のかかったような薄暗い部屋」で「注意の光」の当たった自分の体の部分が、これから動かしたい身体の部分である。

注意のスイッチというのは、こんな感じ。意思が立ちあがって薄闇の中の私を働かせようとする時、まず部屋に明かりをつけないと部屋の状況がわからず、何も始められない。ただ、記憶の働きがよく働いていて、部屋の中がどんなふうになっていたかのイメージをしっかり持っていたなら、部屋が多少薄闇でも、軽く視力が働いているだけで何とか作業を始めるために、部屋に踏み入っていくことができる。

しかし、高次脳機能障害によって、その記憶の部分が弱体化している私たちは、明かりをつけることなしにはどんなふうにこの部屋で行動を始めようという気にもなれず、実際、何もできないのだ。

「さあ、そこに座って、そこに置いてある課題に取り組むんだよ」と、まず自分にわからせるために光で部屋を明るくしないと始まらない。光がまさに注意力そのもので、イメージの記憶を何とか持っている人は、そんなに強い光でなくても行動をおこしに部屋に入っていけるのだが、記憶の力の弱い者はとにかく明るくした部屋に入ってみて、そこで初めて見た部屋の様子の情報を分析して、出たとこ勝負で判断や思考を働かせていかないと、記憶にためた情報がうまく使えないのである。

私の場合、やはり台本を覚えることはできないので、講演会で質問された時など、出たとこ勝負でお返事をする「刹那《せつな》の女」になってしまう。ただ、その刹那に組み立てた返事が、常々思っていること、常々前子ちゃんと語り合っている自分の本音のところを話すことになるので、結果的に、私に対する質問への回答は、準備不足の割にはそんなに悪いものにならなくて済むのである。

「これからこんなことをするよ」という状況がわかっている、充分覚醒《かくせい》した状況でうまく注意の明かりをつけることができれば、比較的、冴《さ》えた頭でいろいろなことができるらしい。

そして、本書の解説で山鳥重先生が注目して下さった「天窓からの光」こそ、まさにこの「注意の光」のことである。注意のスイッチをオンにすることで、自分の動かした い身体が特に意識されるというプロセスは、簡単に言えば「そこに神経が行く」という感覚なのだ。

それから、外界から与えられた課題（要求）に答えるのに適切な行動が企画され、実行されていくのだが、この要求を突きつけてくるのが、大きなガラス窓の向こうの現実社会である。そして現実社会からの要求を前子ちゃんが翻訳し、記憶のストックの中からあれこれ探して正しい対応を企画し、言葉で「これこれこうだからこうするといいわよ」と理論立てて教えてくれるのである。

その言葉というのが、実際には自分の独り言として口から出てくるのだが、独り言に教えられると、混沌《こんとん》としていた頭の中の霧も薄れ、思考が整理されて非常に適切な行動として外界に出てくるようになる。

山鳥重先生との出会い

私は高次脳機能障害のことを知りたくていろいろな本を読み、最も実際の障害のことをわかっている人だと感じた山鳥先生の勤務先を調べ当てて、自分の状況を手紙に書いて送った。そこには、こんなもう一人の「私」に助けられて生きていますということも書き添えた。

今思うと、とても大胆なことをやってしまったと思うのだが、山鳥先生はちゃんとお返事を下さり、さらに河村満《かわむらみつる》先生も紹介して下さった。ぶつぶつ言葉で自分に説明しながら行動するようになりましたという私の話に対して、山鳥先生は丁寧なお返事の中で、「自分のことを客観的に観察できる働きは左脳の前頭前野というところにあるのではないかと思っていましたが、あなたのお手紙を見てやっぱりそうかなと思いました」と書かれていた。山鳥先生の仮説に、私の独り言現象が協力することになったのだ。

これはかなり複雑な話になるのだが、前子ちゃんの存在には「言語」というマテリアルが不可欠、ということである。

山鳥先生はご自身のメールアドレスを教えて下さったので、それから時々、疑問に思うことを図々《ずうずう》しくお尋ねするお付き合いが始まり、先生に勧められて自分の脳の世界を観察して綴《つづ》ったのが、本書『壊れた脳　生存する知』となった。

先生は本書に寄せてくださった解説の中で、「前子さんに言語化してもらうことで山田さんは心が混乱に陥ることから免れ、心の秩序を保っている。前子さんは山田さんの心の中の最も理性的な部分です」と書いて下さった。ちなみに山鳥先生は、前子ちゃんのことをおっしゃる時には、「ちゃん」ではなく「さん付け」して「前子さん」と呼んで下さる。とても紳士的な方だと、いつも頭が下がるのだ。

「開けようと思えば開くことのできる天窓という内省が私の注意機能とどうつながっているか、注意の光が差し込めば部屋の中がわかる」という山鳥先生の解説は、高次脳機能障害者の脳の中の薄闇を最もよく表現していると私は思っている。「私の部屋」の各種の窓がそれぞれの形で外につながっていて、けっして閉じ込められているのでないという山鳥先生のご指摘は、本を書いた自分でも、言われてみてあっと驚いた部分である。「窓の外」に訪ねて来る人々とはいつでも話ができるのだ。高次脳機能障害者の世界はこんな感じというイメージを表現するのに、これ以上、的確な解説を見たことも聞いたこともない。

山鳥先生による私の内省の説明がいかに的確か、というのが私の勉強の進みと生活上の発見と共に明らかになってきて、とても面白いと思っている。山鳥先生という人は他人とはいえ、私にとって、もう一人の前子ちゃんのような人なのである。

大脳の大切な記憶、そして条件反射

ところで、人間は自分がしたいと思ったことを適切な行動に変えていくのに、「条件反射」というもう一つの便利なツールを持っている。ほとんど反射的に行動化されるので、大脳の思考を経ていない、つまり考えていないかのように見えるが、昔、理科で習ったように、記憶の蓄積をベースにして大脳が思考を自動化して行っているのが条件反射である。

だから、一つしかない身体の行動で表現されているのは、「前子ちゃん」の確立した行動か、条件反射のどちらか一つのプロセスということになる。この条件反射のことについて、少し書いておこうと思う。

健常者が周囲を一瞥《いちべつ》するだけで得られる平衡感覚は、私の場合、視覚失認のせいでかなりおかしい。たとえば、まっすぐ立つということは、本来、視覚で自分が真っすぐかどうかを確認することで可能になるのだが、私は日差しに目をつぶったり、明かりが消えたり、風であおられた自分の前髪で視覚が遮られると、それだけで視覚によって身体のバランスを確認することができなくなり、まっすぐ立っていられずに尻《しり》もちをついてしまう。地元の街頭を歩いていて、何度かバランスを失って尻もちをついたこともある。

何もない場所で自分の重心の位置を確認する時、私は、頭のてっぺんに紐《ひも》が付いていて、まっすぐ上に引き上げられていくイメージを作る。「*Wii Fit*」の基本メニューの中にバランスのトレーニングがあり、主に左右の重心バランスだけなのだが、うちに来て下さっていたセラピストから、まっすぐになることが基本と習ってから、測定用のバランスボードに乗るたびに頭に付いた紐でまっすぐ上に引っ張られるイメージの練習をしてコツを覚え、左右の重心のバランスを真ん中に設定することができるようになった。これは正確に言うと体幹機能の話になるのだが、簡単に言えば、平衡感覚だ。

でも、歩いている時には、摑《つか》まるというほどの安定した対象物でなくても、たとえば植込みの葉っぱの先に触れて、自分が視覚で一応確認して「ある」ということがわかっている対象物と自分との距離がわかることで、立っている時の身体の重心の置き場を感覚的につかむことができ、ゆらゆらぐらぐらしないで立ったり歩いたりすることができる。周囲に存在する物に触れる事で、物との距離感を得ると、地球上で自分が存在している位置のようなものが体感でき、平衡感覚がそれによって代償できるのである。

階段を下りる時でも、手すりを持つということがとても大事なのだが、それは手すりが私を物理的に安全に支えてくれるということではない。大事なのは、手すりがくれる「情報」で、それは手すりと自分の距離感なのである。手すりに触っていることで、私は階段と自分との関係をつかむことができるのだ。そして、それが体重をかけられるほどのしっかりした手すりなら、あとは全く足元を見なくても、「記憶の中の私」が、「階段を下りるってこんな感じよ」と、身体の感覚だけである程度やってくれる。

それは、脳が忘れないでいてくれた、条件反射を形成するベースとなる記憶なのだ。そしてここでも、「条件反射にゆだねてもいいよ」と判断を下してくれるのが、前子ちゃんなのである。

手すりを頼りに階段を下りる時、階段を下りているから気をつけましょうと、これも頭の隅っこにある記憶が維持されるので、軽率にどんどん足を進めるのでなく、しっかり一段一段、次に足を置く場所を凝視しながら段を下りて行くことになる。

しかし前子ちゃんに「気をつけなきゃね」と言われるにもかかわらず、視覚から入る情報（入力データ）をきちんと受け取れない壊れた脳が邪魔をして、段までの距離が測れていないという事実が、よく見なさいという前子ちゃんによる注意喚起に反発する。見つめれば見つめるほど、本当の距離がわからない。わからないから怖くなり、ますます足が出ない。距離がわからないということに何とか解決をつけようと思い、前子ちゃんと話し合う。

視覚情報とにらめっこをしていて、「うーん、これはどういうことなのか見ても見ても結論が出ない、うーんわからん」という時に、「じゃあ、ちょっと見てわかろうとするのを緩めてみたらどう？　まずちょっと足伸ばして次のステップに触ってみたら？　今は右手がちゃんと手すりにつかまっているんだし、ざっと階段のありかがつかめるだけの視覚情報さえあれば、わからない、わからないと睨《にら》みつけていなくたって大丈夫なはずじゃないの」というふうに、階段を下りる時は手すりを摑んでいる感覚に任せ、下りる時には足を運ぶ先を凝視してあれこれ考えるのを少し控えてやるのだ。

人込みを歩く時に、すれ違う人ごとに睨みつけて必死に一人ひとり避けるより、少し遠いところに視点を置いて、なんとなーく進んでいく方が人にぶつかりそうになったりしないのと同じだ。

第3章の「できない自分と折り合う」の節で「遠い目にする」と表現したのは、その感覚だ。それは、視覚情報を分析できない状態になっているのに、「よく見て行かなくちゃ」という気持ちだけに縛られていると、手すりがくれる距離感などの他の情報に注意が向かいにくくなるじゃないかと、無意識でできない注意の配分を理屈で説明づけてカバーして問題を処理し、要領を得ていく前子ちゃんの提案だったのだ。

理屈というものはまさに言語的説明なのであって、前子ちゃんの得意分野であることをおわかりいただけただろうか。少しばかり医学的に言えば、手すりに触れて得られる距離感から、自分が地球と接して立つために身体の重心をどこにおいてバランスを取るかを決める仕事をしているのが小脳で、足を踏み外さないように確認するだけの視覚情報があれば、後は小脳の方に任せられるものなら一緒に働いてもらえばいいというのが、たまたま医学知識のある山田規畝子の前子ちゃん固有の理屈だったというわけである。

排尿の難しさ

脳損傷の後、麻痺《まひ》とは別にとても難しくなった動作に、排尿、そして本文でも触れた嚥下《えんげ》があるが、条件反射との関係で、排尿のことについても少し触れておきたい。

人間が尿意を感じ、あらかじめオムツをしていたとしても、そしてそこでそのまま排尿をしろと言われたとして、即座に尿を体外に出すということは簡単にできるものではない。まだしっかりした老人が、オムツをさせられてそこでやれと言われて出なくて涙が出たという話や、老人体験で老人の恰好《かっこう》をしてオムツをした若い人がどうしても出なかったという話をよく耳にする。

尿道口を閉めておく括約筋を緩めるのと同時に腹筋に力を入れて腹圧を高め、尿の排出を促す、というのが通常の排尿だが、随意的に尿道の出口を緩めるという行動が、壊れた脳にはとても難しい。

それを行うために、自分の持っている注意力のすべてを尿道に集中し、その部分の緊張を解除することに、ひどい便秘の後の排便のように力みもだえ、苦しむ。しかし力んでしまうと尿道の抜けかけた力がまた入ってしまい、出口が閉じてしまう。私は尿道口が開かないことで半日以上排尿ができず、夫の勤めている大学病院の救急外来に行って導尿してもらったこともある。

尿道口は、少しでも緩んでくれれば重力が尿を下の方にいざなってくれ、満タンになった膀胱《ぼうこう》ならその収縮力も手伝って排尿は遂行される。高次脳機能障害者にとってはとても困難で苦しい排尿だが、では、「普通」はどうなのだろう。

まず、トイレに来たという意識、そしてトイレの中の光景、自分が腰掛けるべき便座を前に下着を下ろす、という状況。これらが順々に自分に働きかけ、便器に腰をかけた瞬間、尿道口のことなど思い浮かべなくても用が足せる、というのが普通だ。小さな子どもは物理的な力を加えられなくても、使いなれたおまるに座らされて、「シーシーよ」と声をかけられるだけで難なく排尿に至る。うちの息子は、ドアの外で「頑張れ、頑張れ、まあちゃん」と言ってやると「うんち」の出る子だった。

それを思い出していて、用を足すのには「条件反射」が関係している、ということに思い至った。何が自分の尿道口を緩める要因になるのかは、患者自身が何度もトイレに行くたびに考えなくてはならないが、脳の傷で緊張の強くなった尿道口がうまく緩んだ時はこんな感じだったという状況を覚えて、次回の成功につなげなければならない。

出かけた先で洋式トイレがないと、とても困る。それは、尿道口を緩めるという行動は、先に書いたようにたくさんの注意力を要するからだ。前子ちゃんの力を借りて、「お腹の力を抜いて」とか「息を吐いて」とか、理屈でリラックスを得ようとするのと同時に、片方が麻痺した足でしゃがんでそのままバランスを取るなどという、恐ろしく困難なことを強いられるのだ。姿勢の維持と尿道口の弛緩《しかん》を、注意力を分け合っていっぺんにやろうというのだから、実はひどく大変なことなのだ。

その場の状況で、ある程度のところまで条件反射が使えるとなると、患者にとってとても楽なことになるのだが、まだトイレに行く経験も少ない間は、尿道口の開け閉めまで、全て前子ちゃんの仕事になり、前子ちゃんが自分を励ましたりほめたりしながら、やっと尿が重力の手に渡った時、放っておいてもトイレの中に落ちていくということになるので、脳損傷患者のトイレはけっしてせかさず、気を散らせることがあってはいけない。

息子が小さいころ、母親が病気でどこにも連れて行ってやれないので、頑張ってディズニーランドに行く計画を立てたことがある。ところが出発の朝、うれしくてたまらない息子はトイレに入っている私のドアをたたいたり騒いだりして、私の注意力を粉砕してしまった。途端に大も小も一滴も出なくなり、飛行機に遅れそうになったことがあった。小さい息子との懐かしい思い出である。

「さあ、おしっこしに来たのよ」という目的の記憶だけあれば、あとはトイレという環境に入りさえすれば、すべきことの一つひとつが、言葉の誘導ではなく条件反射になってゆく。また、「オシッコしに来た」という目的の記憶を意図的に保持することで、条件反射が働きやすい状況を作る。そしてその条件反射は、毎日毎日、トイレに行くということが、だんだんと身につけてくれることだ。

それは苦労してやらなければいけないことでない。当然やることなのだから、必死の訓練など、いらない。行きたい時に自分で用を足してくることを繰り返してさえいれば、尿道口は開くようになる。「普通の暮らしが最高のリハビリ」なのだから。

毎日の行動に必要な運動感覚の記憶たちや、条件反射、そして前子ちゃんの機能自体も含めて、「生存する知」なのだ。

ピアカウンセリングを始めて

さて、私が「前子ちゃん」にアクセスする方法は、尋ねること、呼びかけることで、これまでの著書の中ではそれを「スイッチ・オンする」と表現したりしている。声に出したり、口をつぐんで独り言を言ったりしていた頃は、間違いなくそのアクセスは私の脳の中の言葉、言語の力でやっていたに違いない。それはまぎれもなく、私の脳の中で、私の「思考」を言葉で整理してくれていたのである。

その後、暮らしの中で学習が進み、いろいろなことを考え込まないでも判断したり行動したりできるようになってきた私は、あえて「前子ちゃん」を呼び出すことをしなくなっていった。無意識のうちに「前子ちゃん」が顔を出すことは、今でも時々ある。

けれども、以前のように一事が万事、一日中「ねえねえ、どうしたらいい？」と言語化しなくても、何となく霧のかかった頭のままで、無言でこともなげにすっと正解を出すような「離れ業」ができるようになってきたのだ。「前子ちゃん」に探しに行ってもらわないと思い出せない記憶も、すっとそのまま再生しやすくなり、「前子ちゃん」にアクセスするという方法をとらなくても、無意識に、ダイレクトに判断や思考の結果がそのまますっと頭に浮かぶことが多くなった。

私は今、地元の高松で月に三度、同じような脳障害を抱えた人たちを相手にピアカウンセリングをやっている。現役の整形外科医として仕事をすることは断念したが、治療室や手術室を出ても、医師として何かできることはないかと考えているのだ。

私のおかれた立場はとても微妙である。障害を脳の損傷の結果として理解する考え方を頼りにしながら、実際にその障害をもって生きるということは、いわば一種の実験とか、挑戦のようなものだと考えている。

障害の原因を理解しさえすれば障害が回復するというわけではないが、自分の抱えている問題を医学的に正確に知ることが、機能回復とか心のやすらぎにきっと大きな力を与えてくれるに違いないという予測を立てている。脳障害という姿の見えない「敵」に脅《おび》えて、ただ戸惑っているだけではなく、その敵の姿をはっきり見極めることで、自分のやるべきこと、実際に少しずつでもいいからやれることを見つけることができそうだと思うのである。

これは自分の経験からそう実感できるようになったことであり、こうした障害への向かい方を、同じ障害をもつ人たちにも伝えたいし、逆に、彼らが体験していることもたくさん知りたいと思い、ピアカウンセリングを始めたのだ。患者さんとしては医師には直接言えない愚痴のようなことでも私にはズバズバ言えたり、逆に医師のアドバイスを患者さんに翻訳して伝えたりといった仲介役としても活用していただいているようで、とてもやりがいを感じている。

ピアカウンセリング以外にも、自分のホームページの掲示板で同じような障害をもついろいろな方々と話す機会が多くなった。

そんな中で「前子ちゃん」のことを話すと、先ほどのメールの男性のように、「自分もそんな気がする」とおっしゃる方がいる反面、「自分には前子ちゃんのようなもう一人の自分が出てこない」とおっしゃる方もいることがわかった。

山鳥先生からいろいろと教えていただくなかで、私なりにその理由はこういうことではないかと思っていることがある。それは、「前子ちゃん」が私自身なら、その実体は他ならぬ私の経験が人生の中でつくってきた力であるはずで、「前子ちゃん」は私の脳の「履歴」であろうということである。「自分には前子ちゃんが出てこない」とおっしゃる人に若い人が多いのも、そんなところに理由があるのではないかと思っている。

脳出血で倒れる前に、ある程度は生きてきた私とは違って、まだ人生をほんの少ししか生きないうちにこうした障害を抱えてしまった人たちのことを想像すると、私には想像もできない苦しみがあることに気持ちが塞《ふさ》ぐ。

認知症と高次脳機能障害――それぞれの苦しみ、同じ苦しみ

ここで、少しだけ認知症と高次脳機能障害の関係について触れておこうと思う。認知症のケアに携わっていらっしゃる方々を前にした講演会に招かれたことがあり、その時に考えたことを書き留めておきたいのだ。

認知症と高次脳機能障害は、医学的には脳機能の違った原因で起こってくる。「原因と結果」ということで言えば、結果として生じてくる本人の行動の変化にも、違ったも

のがあるということになる。

それが神経心理学的な事実ではあるわけだが、大事なのは、ケアに携わる方々が相手にしているのはあくまでも心をもった人間なのだということである。以前の本人とは思えないほど大きな変化が起こり、それにどう対処したらよいかと周囲があわてる事態になったとしても、やはりその人はその人本人に他ならない。大事なのは、起こった変化に焦点を合わせることではなく、そうした変化にみまわれたその本人をあくまで見続けるということだろうと思う。

本人は本人、そしてその本人は今という「現在」を生きているのである。脳に起こってしまったこと、その結果、生きるうえで起こってくる問題の本体を解決できるほど、まだ医学は経験を積んでいない。そして医学はこれからも、その仕事を引き受けていくだろうと思うのだ。

高次脳機能障害と違って、私には認知症そのものを明白な脳障害だと断言することにはためらいがある。確かに認知症を引き起こす原因は脳の変化である。それによって行動も変わってしまうわけだが、行動そのものの一貫性は保たれているという話をよく聞く。一方、高次脳機能障害によって行動が変わるという場合には、行動を組み立てている要素が欠落してしまい、一貫性がなくなるという状態なので、これはちゃんとした行動ができないという意味で、明らかに障害だと思う。

　また、ご本人が自分のことをどう思っているかについても、高次脳機能障害と認知症では違いがあるだろうと考えている。認知症の場合、ご自分で自分の変化に気づき始めた頃にはずいぶん苦しい葛藤《かっとう》があるけれども、病状が進行していくうちにそうした葛藤自体がなくなると聞いたことがある。「一人ひとりの物語を生きるようになる」というように聞いたこともある。

　一方、高次脳機能障害の場合、自分のことを観察する「私」はほとんど無傷で残っているために、以前の自分と今の自分との比較がいつもできてしまう。また、本人が悩むことのそもそもの原因が、そうした自己観察の力に由来し、そうである以上、苦しい葛藤が一生続くというのである。

　だから、本人の周りにいる人がその人の医学的なコンディションについて頭の片隅においたうえで、その人の今、現在の生き方を肯定してあげることが大事になる。高次脳機能障害の場合には、今のあなたの努力を認め、その結果を受け止めますよという態度も必要になるだろう。一見そうとは見えないかもしれないが、本人は努力しているのだ。ただし、これは認知症の場合には少し違うのか同じなのかは、私の経験の範囲でははっきり言いにくいことである。

　ただ、いずれの場合にも、脳に起こった変化によって従来の行動様式が変わり、自分にも周囲の人々との間にも不都合が生じるという意味では、苦しい状況に変わりはない。

今という現在を安全に、そして落ち着いた前向きな気持ちで過ごせないとすれば、それはやはり、周囲にいる人たちがなんとかして支えるのが人の世の中であってほしいと思う。

自分の目の前に困って助けを必要としている人がいたとして、その人を助けるには別に専門家の資格がなければならないわけではない。そうしたことは当たり前ということを前提にしたうえで、さらに一歩その先のこととして、その障害の医学的な事実をよく知っている聞き上手、助け上手というプロが必要なのである。

手を伸ばせば簡単にさわれるようなごく身近に、健常な方には簡単には理解できないような世界が存在している。そして理解できないことを乗り越えていくためには、その世界のリポーターのような本人にその世界のことを尋ねるしかないと思っていただくのが、聞き上手、助け上手への一番の近道ではないかと思っている。

これはたいへん難しいことであり、別の世界に生きている人と健常な人との間のコミュニケーションが、誰にでも簡単にできるわけではない。けれども、どうしてほしいか聞いてみたところはっきりした答えが得られなかったからとか、助けを求めていないからとりあえずその人に助けは必要ないだろうと考えた、ということではないだろうと思うのだ。

助けというのは、それを受ける本人よりも、それを提供する側のほうが難しいだろうと思う。必要な助けが誰の目から見ても明らかな場合とか、それを必要としている本人がそれをはっきり表現できる場合には、それほど悩むことはないだろう。難しいのは、そのどちらもがはっきりしていない場合である。

でもそんな難しさがあっても、何気なく話し相手になることができていたり、それと気づかないうちに物事は過ぎているのだけれど、後々考えてみたら、あの時、あそこでちょっと支えになっていたんだね、と気づくような手助けがあってほしいと思う。

本人の特異的・特徴的な行動の原因について、その障害の知識がちゃんとあったうえで、そうであればこういうことは本人の言い分を聞いておこうとか、失敗しそうなところはやり方を工夫しておこうといった「想像力」とか「勘」を働かせるしかなく、これが先ほどの聞き上手、助け上手の技《わざ》なのである。そしてこれは、相手が私のような高次脳機能障害者の場合にはとても必要だが、原因も症状も異なるものの、同じく認知症の場合にも当てはまることと思っている。

認知運動療法との出会い

最後に、一昨年から昨年にかけて、一年間、月に一回、私が体験したリハビリテーションのことに触れておこうと思う。それは「認知運動療法」と呼ばれるリハビリテーションである。

私はそれまで、高次脳機能障害を治療するためのリハビリらしいリハビリを受けた体験はなかったのだが、同じリハ室で脳卒中の患者さんたちが受けているリハビリを眺めていたりしたことから、自分もそんな動作の練習をやるのかなと想像していた。けれども認知運動療法のセラピストが私に求めたのは、「自分で自分の身体を意識すること」だった。私には左半身に麻痺《まひ》があり、無視もある。私にとって、できれば自分の左側は意識しないで済ませたいものだが、暮らしていると左が意識できないことで仕出かしてしまう失敗もよくあり、そんな時には、とても嫌なかたちで自分の左には「無視」という障害があることを意識する羽目になってしまうという、そんなことの繰り返しだった。

私の受けた認知運動療法では、この他に、硬さの違うスポンジを知覚麻痺のある左足で踏んでみる訓練を行った。私の足には非常に微弱に何かを踏んでいる感覚があったが、最初のスポンジは踏むと簡単にぺちゃんこになり、かなり柔らかいものだった。これを踏んで、「何を踏んだ感じに近いですか」とセラピストに聞かれる。かなり柔らかいので単純に「お布団」と答える。ではもう一つと、違うスポンジが出てくる。今度はすっと沈み込む感じではなかったので、その硬さから連想するものを頭の中で探して「体育館のマット」と答えた。

二種類の違った硬さのスポンジを使って、触られているのかどうかもはっきり認識しにくい麻痺側の足で当てっこゲームが始まった。セラピストがかわるがわるスポンジを足に当てる。「これはお布団ですか？　体育館のマットですか？」と何度も尋ねる。私はそのたびに、感じの薄い左足に注意を集中させた。スポンジが足を押し返してくる抵抗のわずかな違いで、それがどちらのスポンジなのか、目をつぶった状態で言い当てる訓練である。何度もやっているうちに、スポンジのツッパリ感などがくれる情報をとらえるのがうまくなって、言い当てられるようになってきた。

私の治療は月に一回だったが、何度かやっているうちに、生活の中で足の裏が床の冷たさを感じるようになってきた。そのうち、絨毯《じゅうたん》の上で足を擦ったざらざら感を感じるようになってきた。わずかな刺激に感覚を研ぎ澄ませようとする努力と、もともと頭の中に持っている感覚の記憶をつなげてみる作業の繰り返しを通じて、まったく何も感じなかった私の左足の裏は、はっきりはしないものの、いくばくかの感覚を取り戻した。

頭のてっぺんに付いている紐《ひも》が真《ま》っ直《す》ぐ上に引き上げられていくイメージをして、左右の重心バランスを作る、ということを教えてくれたのも、この認知運動療法のセラピストだった。月に一回という少ない機会だったが、初めて自分の左手を自分の一部として動かせたこと、以前なら風が吹けば木の葉のようにすぐに吹き飛んでいくように感じてとても頼りなかった自分の左足が、高松の強い海風に吹かれても地面にしっかりついている感じがするようになったこと、あるいはきちんと自分の身体を自分のものとして感じたり、イメージしたりするための練習があると知ったことは、私にとっては大きな進歩だった。

それは前頭前野の「前子ちゃん」と二人三脚しながら自分を取り戻してきた脳の働きとはまた違う体験だった。私がイメージできる自分の身体は、まだまだ自分の手や足の見える部分の動きを視覚の助けを借りながら動かすことが多いのだが、認知運動療法を通じて得た、「これが自分の身体だと感じている感覚」は視覚的なものではなく、もっと自分の深くからくる感覚を、私の脳が「これが私だな」と確認しているような感じである。そしてこれもまた、脳の力であることに間違いはないと思うのである。

不思議な体験――「なかったお尻」がよみがえる

認知運動療法との関係で、一つ、とても不思議な体験をしたことを書き留めておきたい。

身体行為の記憶が比較的しっかりと残っていたことは第3章にも書いた通りだが、そうした身体行為の記憶として、歩行・階段昇降・パソコンのキーボードのタッチタイピング、外科手術で使う結紮《けっさつ》糸の結び方などが挙げられる。

偶然なのだが、現役の整形外科医が私の高校同級生の中に七人もおり、そのうちの一人である男性の友人と同窓会で会う時に、病院の手術で余った糸を持ってきてもらったことがある。「外科結び」をやってみたかったのだ。

同窓会の宴会の席で彼に指導してもらい、重めのゴブレットの脚を糸で縛る練習をしてみた。うちにある荷造り紐では何度やってもその行為は別物であったが、本物の外科手術用の糸でやってみると、手術室で糸を結ぶ場面が目の前にありありと再現された。糸の端を持った私の手、一つ結んで、結び目の近くで人差し指を使ってキュッと締める私の指先。目に入ってくる映像のすべてが、二十年以上、毎日手術台の上でやっていたことと同じだったことを、私の脳は思い出した。

そして、自宅で重い置物に糸を結びつけて練習をしていた時、黙々と糸を結んでいる途中に、私の身体にある変化がもたらされた。

左半身の知覚鈍麻と、特に二度目の出血の際、術後、入院先の病院のベッドから転落した時に馬尾《ばび》神経と言われる脊髄《せきずい》神経の最下端の神経が少しつぶされてしまったせいで左の臀部《でんぶ》と肛門《こうもん》周囲の知覚が鈍麻してしまい、以降、私は左のお尻《しり》を実感することなく、左のお尻のない人間として暮らしてきたのだが、二十年余りにわたって、毎日、仕事でやってきた糸結びの練習をしていたその時、私の手が糸を結んでいる懐かしい光景の像を見たと同時に、突然、なかったはずの左のお尻からわき腹にかけての部分が、突然ざわざわっと姿を現したのである。

それはこそばゆいような軽いしびれのような感覚だったが、なくなってしまったかのように思っていた私の臀部が「存在」を主張したのである。外部から触られたのでもない、まぎれもない、忘れていた身体の一部の存在感だった。

健常な体でも、よほど触ったり動かしてみたり眼差《まなざ》したりしない限り、あるんだなとは思うこともないのが自分の身体というものだろう。健常な人間にとってはそんなものはあって当たり前だから考えることもないだろうけれど、私たちのような脳損傷患者では、以前にはあったということすら忘れてしまっているのである。

ところが、その身体の部分もあったことを脳は忘れていない。やりなれた行為や場面、使い慣れた道具との再会によって、私の左のお尻は実在するものとして、壊れた脳の中によみがえったのである。この経験は、認知運動療法のセラピストたちが自宅に来てくれていた時のことで、彼らにも強く勧められ、彼らの前で糸結びを三十分ぐらいやった後に起こった出来事だった。

自分の体の声を聞く

回復期に麻痺部分に出現する控え目なしびれ感は、誰に聞いたというのでもなく、私は麻痺が治ってきている兆候だと思っていた。正座の後のしびれも、無感覚に近い状態の時があって、その後びりびりしてくる状態を経て治っていく（正常化していく）のだから、しびれに似たこの感じも無感覚のベールが取れていく予兆に違いない――。まったく根拠なく、しかし患者のカンのようなもので私はそう思っていたのだ。医師である義兄に、「こんなしびれ感が出てきていて、治ってきているんだなと思います」と申告したところ、「何？　しびれが出た？」と聞き咎《とが》められ、翌日、CTを撮ることになったのだが、認知運動療法の研究者の方々と知り合いになって彼らの話を聞いていると、他の人もこういうじわじわした軽いしびれが出ることがわかった。

義兄とのやりとりは、最後の三度の脳出血後、数年たった頃の話だが、件《くだん》のジンジン感は、いろんな人の話を総合すると、知覚麻痺《まひ》を起こしている「消えた部分」に注意が集中することで出現する現象のようだ。脳の血流が、その感覚を拾いに行こうとしてわっと増え、その物理的変化がジンジンしている感覚として感じられるのだろうと思う。

自宅近所の商店街で、「チョット、イイデスカ～？」と知らない女性に話しかけられたことがあった。気功の道場がすぐ近くにできて、宣伝をしているのだというその女性は、体に悪いところがあったらたちどころに治しますというのだ。

いかにも胡散臭《うさんくさ》いやつと思い、左半身の麻痺を治してみろと言ってやったところ、私の左手を両方の掌《てのひら》で挟むような恰好《かっこう》でいきなり施術を始められてしまった。インチキを暴いて、「全く何も起こらないじゃーん」と言ってやろうと思っていたのだが、ずっと左手に注意を集中していたところ、回復の兆候と信じているあの「ジンジン」感に非常に近いものが、ぼわっと私の左腕全体を包んだのだ。

それで、「治りはしないけど、むしろジンジンしびれてきた」と伝えると、「もともとあった無感覚の部分を包んでいる病気の無感覚のベールがはがれて、症状が強くなったという人はあります」という回答だった。

今から思えば、感じなくなり、わからなくなっている部分への注意の集中が変化をもたらすのだとすれば、まんざら嘘ではなかったのかな、と思ったりもしている。もちろん、その知らない女性が売りこんできたような「治癒」が起こったわけではないけれど、認知運動療法の考え方で、ちゃんとあの「ジンジン感」は誘発できるのだということを図らずも知ることになった経験だった。

あの「ジンジン感」は、なくなってしまった部分が自分の体の一部として存在を自覚できた時に現れるものなのだと思う。生活の中でも、なるべく左半身を探そうとする訓練を自己流で行う努力をしている。

たとえばお風呂《ふろ》に入った時、四十二℃ぐらいのしっかり温かいお湯の中で普通にしていれば、私の左手はまったく温冷覚もお風呂の気持ちよさもなく、味気ないものなのだが、お湯に左手をつけた時、その何も感じていない手の中に、私がもともと知っていた、あるいは今、温度を感じる方の右手が感じている「温かい」という感覚を探すという練習を、数ヵ月にわたってずっとやっている。私の知っているあの「あったかーい！」という感じが左手にちらりとでも感じないかと、手の中に感覚を探して毎日、お湯につかっている。

温かさを確信できた瞬間はまだ訪れていないけれど、お風呂上がりには、左の掌から指先にかけて、あの控え目なしびれ、「ジンジン感」が訪れるようになった。ジンジン感が訪れる時、その問題の体の部分は、自発的に自分の存在を主張しているようにも思える。怪我をした手指などが腫《は》れて熱を持った時に痛いという感覚があると同時に、目で見ていなくてもそこにその部分の存在感があるのは誰しも経験する感覚だろうと思うが、ジンジン感は、「君の体はここに確かにいるよ。忘れないでよ」という、自分の体の声のような気がするのだ。

目で見ていなくても自分の体のありかを確認できるという機能が、壊れた脳ではこういう形で作動するということなのだろうと思う。このジンジン感も前子ちゃんも、その個体が生命を維持し続ける上でどうしても必要な重要度の高い大事な機能なのだ。前子ちゃんは自分の覚醒《かくせい》した意識をコントロール下においておく、つまり、気を確かに持ち続けることで危険を回避するのに大事だし、でもその前に、体がどこにあるかわからなければ、そもそも危険から体を守ってやることができないのだ。壊れた脳にも存在し続けるこうした機能は、人間の体は生きていくようにできていることの傍証のように思うのだ。

ある程度の期間、毎日のように頻繁にやっていた行為をまたやってみることで、「なくした体」はまた出てくるかもしれない。偶然の思いつきで古い級友におねだりした糸が、そんなリハビリテーションの可能性を教えてくれた。実際の手術室では封を切って使い残した糸など、ゴミにしかならない物だが、私にとっては自分の身体を取り戻してくれる、思いがけない大切なものになった。

それぞれ患者さんの個人の歴史の中には、過去に毎日のようにやっていたこと、凝ってちょっとした名人のようになっていたことが、一つぐらいはあるのではないか、と思うのである。そういう運動行為を患者さんへの地道なインタビューの中から掘り起こすことで、難治だった知覚鈍麻や無視の治療に足がかりがつく、ということは言えないだろうか。かつてトライしたが、私は限界を感じてやめてしまった車の運転なども、自分の体を思い出すヒントとして良いような気がしている。毎日仕事に車を使っていた人、ドライブが大好きだった人は少なくないはずである。

＊　＊

さて、この文庫の親本となる単行本『壊れた脳　生存する知』を書き始めたいきさつについては、本文中に説明させていただいた通りだ。せっかく死の淵《ふち》から帰ってきても、すぐに元気そうになってしまう（見えてしまう！）ばっかりに、「しゃんとしろ」と怒られ続け、電車に乗っても、「ここは優先座席だぞ」と車掌に追い払われ、睨《にら》みつけられることもあった。

私と同じく高次脳機能障害という「見えない障害」をもつ人の中には、障害の名前を書いたタスキをかけて暮らしたい、という人まで現れた。周りにわかってもらおうとするのにタスキじゃおかしい上に、それではほとんど意味が通じないでしょうと思い、何か簡単な病気の解説書があれば、それを相手に渡せばいいようにしたい、と思うに至ったのだった。

当初は小冊子でいいと思っていた。毎日毎日、それこそ引っ越しの途中も、脳出血を再発する直前まで書き続け、二百五十ページを超すハードカバーの立派な単行本ができあがった。自分の説明にと、周りの人たちに配っていると、とんでもない散財になる。もっと廉価で手に入る本にならないかと思っていたら、漫画のコミックスにしないかという人が現れ、それは一昨年、二〇〇七年十月に刊行された。

そして今度は、文庫版にしないかといってくれる人が現れた。天の恵みである。一も二もなく飛び付いたところ、内容の改訂も同時にやってくれるという。『壊れた脳　生存する知』は、脳に傷を受けた方々やその関係者の支持を得て、いつしか、高次脳機能障害と言い渡されて途方に暮れている方たちの多くが、最初に摑《つか》む藁《わら》としての役割を果たすまでに成長してくれていた。

同時に、著者の方も多少は成長、進化したので、同書を世に送り出してからの五年間の、『壊れた脳　生存する知』と「壊れた脳」を受け入れた社会の変遷とともに、山田規畝子という患者の変化もあわせて報告する、新しい『壊れた脳　生存する知』が出来上がった。

私と同じ障害をもつ人たちに、その家族・友人に、そして医療関係・リハビリ関係の方々に、増補・改訂となった文庫版『壊れた脳　生存する知』を読んでいただきたいと思っている。そして、一人でも多くの人たちが、高次脳機能障害という見えない障害について知る機会にこの一冊がなってくれるなら、著者としてこれほど嬉《うれ》しいことはない。

二〇〇九年十月

山田規畝子

本書は二〇〇四年二月、講談社から刊行された単行本『壊れた脳　生存する知』を大幅に増補・加筆の上、文庫化したものです。

壊《こわ》れた脳《のう》 生《せい》存《ぞん》する知《ち》

山《やま》田《だ》規《き》畝《く》子《こ》

平成21年 11月25日　初版発行
令和7年 10月10日　45版発行

発行者●山下直久

発行●株式会社KADOKAWA
〒102-8177　東京都千代田区富士見2-13-3
電話　0570-002-301（ナビダイヤル）

角川文庫 16002

印刷所●株式会社KADOKAWA
製本所●株式会社KADOKAWA

表紙画●和田三造

ISBN978-4-04-409413-3　C0170

◆◇◇

角川文庫発刊に際して

角川源義

　第二次世界大戦の敗北は、軍事力の敗北であった以上に、私たちの若い文化力の敗退であった。私たちの文化が戦争に対して如何に無力であり、単なるあだ花に過ぎなかったかを、私たちは身を以て体験し痛感した。西洋近代文化の摂取にとって、明治以後八十年の歳月は決して短かすぎたとは言えない。にもかかわらず、近代文化の伝統を確立し、自由な批判と柔軟な良識に富む文化層として自らを形成することに私たちは失敗して来た。そしてこれは、各層への文化の普及滲透を任務とする出版人の責任でもあった。

　一九四五年以来、私たちは再び振出しに戻り、第一歩から踏み出すことを余儀なくされた。これは大きな不幸ではあるが、反面、これまでの混沌・未熟・歪曲の中にあった我が国の文化に秩序と確たる基礎を齎らすためには絶好の機会でもある。角川書店は、このような祖国の文化的危機にあたり、微力をも顧みず再建の礎石たるべき抱負と決意とをもって出発したが、ここに創立以来の念願を果すべく角川文庫を発刊する。これまで刊行されたあらゆる全集叢書文庫類の長所と短所とを検討し、古今東西の不朽の典籍を、良心的編集のもとに、廉価に、そして書架にふさわしい美本として、多くのひとびとに提供しようとする。しかし私たちは徒らに百科全書的な知識のジレッタントを作ることを目的とせず、あくまで祖国の文化に秩序と再建への道を示し、この文庫を角川書店の栄ある事業として、今後永久に継続発展せしめ、学芸と教養との殿堂として大成せんことを期したい。多くの読書子の愛情ある忠言と支持とによって、この希望と抱負とを完遂せしめられんことを願う。

一九四九年五月三日

角川ソフィア文庫ベストセラー

壊れた脳 生存する知　山田規畝子

靴の前後が分からない。時計が読めない。世界の左半分に気が付かない。三度の脳出血で高次脳機能障害となった著者が、戸惑いながらも、壊れた脳で生きる日常を綴る。諦めない心とユーモアに満ちた感動の手記。

精神疾患　岩波　明

発達障害、うつ病、統合失調症――多くの無知や誤解がつきまとうさまざまな精神疾患を、臨床医学の見地から豊富な症例とともに解説。「こころの病」の構造と精神医学の基礎を分かりやすく学ぶ入門書。

数学物語 新装版　矢野健太郎

動物には数がわかるのか？ 人類の祖先はどのように数を数えていたのか？ バビロニアでの数字誕生からパスカル、ニュートンなど大数学者の功績まで、数学の発展のドラマとその楽しさを伝えるロングセラー。

空気の発見　三宅泰雄

空気に重さがあることが発見されて以来、様々な気体の種類や特性が分かってきた。空はなぜ青いのか、空気中にアンモニアが含まれるのはなぜか――。身近な疑問や発見を解き明かし、科学が楽しくなる名著。

失敗のメカニズム 忘れ物から巨大事故まで　芳賀　繁

物忘れ、間違い電話、交通事故、原発事故――。当人の能力や意図にかかわらず引き起こされてしまう失敗を「ヒューマンエラー」と位置付け、ミスをおかしやすい人や組織、環境、その仕組みと対策を解き明かす！

角川ソフィア文庫ベストセラー

読む数学　瀬山士郎

XやYは何を表す？　方程式を解くとはどういうこと？　その意味や目的がわからないまま勉強していた数学の根本的な疑問が氷解！　数の歴史やエピソードとともに、数学の本当の魅力や美しさがわかる。

読む数学　数列の不思議　瀬山士郎

等差数列、等比数列、ファレイ数、フィボナッチ数列ほか個性溢れる例題を多数紹介。入試問題やパズル等も使いながら、抽象世界に潜む驚きの法則性と数学の「手触り」を発見する極上の数学読本。

読む数学記号　瀬山士郎

記号の読み・意味・使い方を初歩から解説。小学校で習う「1・2・3」から始めて、中学・高校・大学初年レベルへとステップアップする。数学はもっと面白く身近になる！　学び直しにも最適な入門読本。

とんでもなく役に立つ数学　西成活裕

〝渋滞学〟で著名な東大教授が、高校生たちとの対話を通して数学の楽しさを紹介していく。通勤ラッシュや宇宙ゴミ、犯人さがしなど、身近なところや意外なシーンでの活躍に、数学のイメージも一新！

とんでもなくおもしろい仕事に役立つ数学　西成活裕

効率化や予測、危機の回避など、数学を取り入れれば仕事はこんなにスムーズに！　〝渋滞学〟で有名な東大教授が、実際に現場で解決した例を元に楽しい語り口で「使える数学」を伝えます。興奮の誌面講義！

角川ソフィア文庫ベストセラー

春宵十話　岡　潔

「人の中心は情緒である」。天才的数学者でありながら、思想家として多くの名随筆を遺した岡潔。戦後の西欧化が急速に進む中、伝統に培われた日本人の叡智が失われると警笛を鳴らした代表作。解説・中沢新一

春風夏雨　岡　潔

「生命というのは、ひっきょうメロディーにほかならない。日本ふうにいえば〝しらべ〟なのである」——科学から芸術や学問まで、岡の縦横無尽な思考の豊かさを堪能できる名著。解説・茂木健一郎

死なないでいる理由　鷲田清一

〈わたし〉が他者の思いの宛先でなくなったとき、ひとは〈わたし〉を喪い、存在しなくなる——。現代社会が抱え込む、生きること、老いることの意味、そして〈いのち〉のあり方を滋味深く綴る。

大事なものは見えにくい　鷲田清一

ひとは他者とのインターディペンデンス（相互依存）でなりたっている。「わたし」の生も死も、在ることの理由も、他者とのつながりのなかにある。日常の隙間からの「問い」と向き合う、鷲田哲学の真骨頂。

やがて消えゆく我が身なら　池田清彦

「ぐずぐず生きる」「八〇歳を過ぎたら手術は受けない」「がん検診は受けない」——。飾らない人生観と独自のマイノリティー視点で、現代社会の矛盾を鋭く突く！　生きにくい世の中を快活に過ごす指南書。